AF620656

L'IRRESOLU,

COMEDIE.

5 Janvier 1713

Par Monsieur NERICAULT DESTOUCHES.

Y. 5790. p. A.

A PARIS.

Chez FRANÇOIS LE BRETON au bout du Pont-Neuf, proche la ruë de Guenegaud, à l'Aigle d'Or.

M. DCCXIII.

Avec Approbation & Privilege du Roy.

A MONSIEUR
MONSIEUR
LE MARQUIS
DE COURCILLON,

Gouverneur de la Province de Touraine.

MONSIEUR,

Il y a long-tems que je reçois des marques de la protection dont vous m'honorez : Il y a long-tems aussi que je souhaite de vous en témoigner ma reconnoissance. Mais, MONSIEUR, *par quel moyen puis-je m'acquiter de ce devoir? sera-ce en vous dédiant* l'Irrésolu? *il ne merite pas de vous être presenté. S'il partoit de la plume de ces grands Hommes, qui par des traits qu'on ad-*

mirera toujours, ont sçû se rendre les délices du Public; vous pourriez le recevoir comme un hommage qui seroit dû, à un esprit aussi éclairé, à un goût aussi délicat que le vôtre. L'Ouvrage seroit digne de vous, MONSIEUR, *l'accueil que vous luy feriez seroit digne de l'Ouvrage. Mais la Comedie que je prends la liberté de vous dédier, ne peut me faire esperer un sort si glorieux. Cependant quelque imparfaite qu'elle me paroiße à moy-même, vous avez bien voulu permettre qu'elle vous fût presentée. Muni d'un secours aussi puissant, j'ose esperer quelque grace des Lecteurs, sur des défauts que j'aurois certainement évitez, si j'avois autant de lumieres & d'experience, que j'ay de désir d'amuser le Public par des productions dignes de ses suffrages. Ce sera donc l'honneur de votre protection,* MONSIEUR, *qui fera seul le merite de cette Comedie. C'est une nouvelle grace que vous ajoûtez à toutes celles dont je vous suis redevable. Quelle generosité! Pour répondre en quelque sorte à tant d'obligations, je devrois presentement aux yeux du Public, vous donner toutes les loüanges que vous meritez: Quel éloge ne ferois-je point de vous? Oüi de vous-même,* MONSIEUR, *quelque ennemi que vous soyez des loüanges. Je parlerois des marques également tristes & glorieuses, que vous portez de votre valeur. Je dirois qu'après s'estre signalée dans les occasions les plus périlleuses, elle a fait voir en vous une constance & une fermeté, à l'épreuve du plus terrible appareil, & des douleurs les plus insupportables. Mais je ne puis entreprendre de traiter ce sujet ; mes forces ne répondent point à mon zele : Je ne dois aspirer qu'à vous le faire connoître : Daignez en agréer les témoignages ; & souffrez,* MONSIEUR, *qu'avant que de finir, j'ose faire éclater ici ma joye, & celle de toute la Province où je suis né. Le Roy vient de vous donner le Gouvernement de la Touraine. Que nous partageons bien la recompense de vos services ! Accoutumée aux graces & aux bienfaits de Mr. le Marquis de Dangeau votre Pere, la Touraine doit se flater de recevoir de vous, des traitemens aussi doux & aussi favorables. Toutes vos belles qualités les luy promettent ; aussi puis-je vous assurer que sa reconnoissance, & la haute idée qu'elle a conceuë de vous,* MONSIEUR, *l'engagent à faire incessamment des vœux au Ciel pour votre Personne, & pour toute votre illustre Maison. Je pourrois vous répondre de ses sentimens sur ce sujet, s'ils ne vous estoient pas aussi connus qu'à moy-même. Pour moy je prens la liberté de vous assurer, que je serai toute ma vie, avec beaucoup de respect & de dévouëment,*

MONSIEUR,

Votre trés-humble & trés-obéissant serviteur.

NERICAULT DESTOUCHES.

ACTEURS.

PYRANTE, Vieillard.

LYSIMON, ancien ami de Pyrante.

Me. ARGANTE, Veuve.

CELIMENE, } Filles de Me. Argante.
JULIE. }

DORANTE, Fils de Pyrante.

LE CHEVALIER, Fils de Lysimon.

NERINE, Femme de Chambre de Me. Argante.

FRONTIN, Valet de Chambre de Dorante.

La Scene est à Paris dans un Hôtel garni.

APPROBATION.

J'Ay lû par ordre de Monſeigneur le Chancelier, les Piéces de Theatre du ſieur NERICAULT DESTOUCHES; ſçavoir, *le Curieux impertinent*, *l'Ingrat*, *l'Irreſolu*, *Comedies*, & j'ay cru que le Public en verroit avec plaiſir l'impreſſion. Fait à Paris ce 11. Janvier 1713.

DANCHET.

PRIVILEGE DU ROY.

LOUIS par la grace de Dieu Roy de France & de Navarre à nos amés & Féaux Conſeillers, les Gens tenant nos Cours de Parlement, Maîtres des Requêtes ordinaires de nôtre Hôtel, Grand Conſeil, Prevôt de Paris, Baillifs, Sénéchaux, leurs Lieutenans Civils & autres nos Juſticiers, & Officiers qu'il appartiendra ; SALUT. Notre amé le ſieur NERICAULT DESTOUCHES nous ayant fait remonter qu'il deſireroit faire imprimer *les Piéces de Theatre de ſa compoſition*, s'il nous plaiſoit luy accorder nos Lettres de Privilege ſur ce neceſſaires, nous avons permis & permettons audit Expoſant par ces Préſentes, de faire imprimer leſdites piéces de Theatre en telle forme, marge, caractere, & autant de fois que bon luy ſemblera, par tel Imprimeur & Libraire qu'il voudra choiſir, & de les faire vendre & débiter par tout notre Royaume, pendant le tems de huit années conſécutives, à compter du jour de la datte d'icelles; faiſons deffenſes à toutes ſortes de perſonnes de quelque qualité & condition qu'elles ſoient, d'en introduire d'impreſſion étrangere en aucun lieu de notre obéïſſance, & à tous

Imprimeurs, Libraires & autres, d'imprimer, faire imprimer, vendre & contrefaire lesdites Piéces en tout ni en partie, sous quelque prétexte que ce soit, sans la permission expresse, & par écrit dudit Exposant, ou de ceux qui auront droit de luy; à peine de confiscation des exemplaires contrefaits, de quinze cents livres d'amende contre chacun des contrevenans, dont un tiers à l'Hôtel-Dieu de Paris, un tiers au dénonciateur, & l'autre tiers audit exposant; & de tous dépens, dommages & interests; à la charge que ces Presentes seront enregistrées tout au long sur le Registre de la Communauté des Imprimeurs & Libraires de Paris; & ce dans trois mois du jour & datte desdites Presentes: Que l'impression desdites Piéces sera faite dans notre Royaume & non ailleurs, & ce conformement aux Reglemens de la Librairie, & qu'avant de l'exposer en vente il sera mis deux exemplaires dans notre Bibliotheque publique, un dans notre Château du Louvre, & un dans celle de notre trés-cher & feal Conseiller-Chancelier de France, le sieur Phelypeaux, Comte de Ponchartrain, Commandeur de nos Ordres; le tout à peine de nullité des Presentes, du contenu desquelles vous mandons & enjoignons de faire joüir & user ledit Exposant ou ses ayant cause pleinement & paisiblement, sans souffrir qu'il leur soit causé aucun trouble ou empêchement: Voulons que la copie d'icelles qui sera imprimée au commencement ou à la fin desdites Piéces, soit tenuë pour bien & duëment signifiée, & qu'aux copies collationnées par l'un de nos amés & feaux Conseillers & Secretaires, foy soit ajoûtée comme à l'original; commandons au premier notre Huissier ou Sergent, de faire pour l'exécution des Presentes tous actes requis & necessaires sans autre permission, nonobstant clameur de Haro, Chartre Normande & autres Lettres à ce contraires: Car tel est notre plaisir. Donné à Versailles le quinziéme jour de Janvier, l'an de grace mil sept cens treize, & de notre regne le soixante-dix ; Par le Roy en son Conseil.

DE LA VIEUVILLE.

Il est ordonné par Edit de sa Majesté de 1686. & Arrêt de son Conseil, que les livres dont l'impression se permet par chacun des Privileges, ne seront vendus que par un Libraire ou Imprimeur.

Registrée sur le Registre No 5. de la Communauté des Libraires & Imprimeurs de Paris pag. 650. No 607. conformément aux Reglemens de la Librairie, & notamment à l'Arrêt du 13. Aoust 1703. Fait à Paris le 21. Janvier 1713.

L. JOSSE Syndic.

Et ledit sieur Nericault Destouches a cedé son Privilege pour l'Irrésolu seulement, audit sieur le Breton, suivant l'accord fait entr'eux.

L'IRRESOLU,

COMEDIE.

ACTE I.

SCENE PREMIERE.

PYRANTE, LYSIMON.

PYRANTE.

OUi cette Veuve eſt folle, & ſon extravagance
A ſouvent, j'en conviens, laſſé ma patience,
Mais depuis tout le tems que vous êtes ici,
Vous vivez avec elle, & j'y puis vivre auſſi.

LYSIMON.

J'y vis en enrageant, & maudis cent fois l'heure,
Où dans cette maiſon j'ay choiſi ma demeure.
Allons loger ailleurs.

PYRANTE.

Je n'y puis consentir.

LYSIMON.

Vous aurez bientôt lieu de vous en repentir.

PYRANTE.

Enfin quoiqu'il en soit, une raison pressante
M'oblige à demeurer avec Me. Argante.

LYSIMON.

Mais vous n'y reveniez que pour l'amour de moy,
Disiez-vous.

PYRANTE.

Je conviens...

LYSIMON.

Parlons de bonne foy,
Cette raison pressante est facile à connoître,
Et de vos volontés votre Fils est le maître,
C'est lui qui vous oblige à vous loger ici.

PYRANTE.

Comme il l'a souhaité, je le souhaite aussi.

LYSIMON.

Voulez-vous que je parle avec franchise entiere?
Il est trés-mauvais Fils, & vous trés-mauvais Pere,
A ce Fils trop aimé vous ne refusez rien.

PYRANTE.

Non.

LYSIMON.

Il fait votre office & vous faites le sien.
O quel renversement! N'avez-vous point de honte?

PYRANTE.

Vous desaprouvez donc ma conduite à ce compte?

LYSIMON.

En doutez-vous morbleu? Qui voudroit l'approuver?

PYRANTE.

Tous ceux qui comme moy pourroient s'en bien trouver.
Imitez mon exemple, & dans huit jours je gage...

LYSIMON.

Autoriſer mon Fils dans le libertinage ?

PYRANTE.

Bien loin de l'y plonger vous l'en retirerez.

LYSIMON.

C'eſt en vain ſur cela que vous me prêcherez,
Vous blâmez ma conduite, & je blâme la vôtre.

PYRANTE.

Oüi, mais la plus heureuſe eſt préferable à l'autre.

LYSIMON.

Et que fait donc ce Fils de beau, de merveilleux ?

PYRANTE.

Apprenez-le en deux mots, il fait ce que je veux.

LYSIMON.

Je trouve qu'en cela ſa peine n'eſt pas grande,
Car vous voulez toujours tout ce qu'il vous demande.

PYRANTE.

Moy ? je cherche ſon goût, il ſe conforme au mien,
Mon Fils eſt mon ami, comme je ſuis le ſien.

LYSIMON.

Ma foy vous radotez, je vous croyois plus ſage.

PYRANTE.

Je ne me repens point de ſuivre cet uſage.
Dès ſes plus jeunes ans j'ay voulu le former.
Le ſuccès de mes ſoins a droit de me charmer.
D'abord en lui parlant je pris un air ſevere
Pour lui faire ſentir l'autorité de Pere :
La crainte & le reſpect ayant ſaiſi ſon cœur,
A la ſeverité je joignis la douceur.
Je lui parlois raiſon dès l'âge le plus tendre
Et je l'acoûtumois tous les jours à l'entendre.
Il connût ſes devoirs, non par le châtiment,
Mais par l'obéiſſance & le raiſonnement.
S'il y manquoit par fois, la rougeur dès cet âge,
Quand je l'en reprenois luy montoit au viſage,
Et je reconnoiſſois en ſondant ſon eſprit
Qu'il rougiſſoit de honte, & non pas de dépit.

LYSIMON.

Moy, je rougis pour vous de depit & de honte,
De voir que vous puissiez me faire un pareil conte.

PYRANTE.

Ecoutez jusqu'au bout.

LYSIMON.

Je suis las d'écouter.

PYRANTE.

Ecoutez-moy, vous dis-je, afin d'en profiter.
Quand j'eus formé son cœur..

LYSIMON.

Son cœur! le beau langage!

PYRANTE.

Eh bien il ne faut pas vous parler davantage.

LYSIMON.

Ohça sans vous piquer de ma sincerité,
Dites-moi si ce Fils si sage, si vanté
N'a point quelque défaut.

PYRANTE.

J'ay pris un soin extrême
De connoître mon Fils aussi bien que moy-même.
Son cœur est excellent, il a beaucoup d'esprit,
Ce que je vous dis là, tout le monde le dit:
Mais pour avoir trop jeune acquis trop de lumieres,
Il est irresolu sur toutes les matieres,
Chaque chose a pour lui mille difficultés,
Il l'examine à fond, la prend de tous côtés,
Et ses reflexions font qu'en chaque rencontre,
Après avoir trouvé cent raisons pour & contre
Il demeure en suspens, ne se résout à rien,
Et voilà son défaut, car chacun a le sien.

LYSIMON.

Et vous voyez cela, sans vous mettre en colere?

PYRANTE.

Oüi, mais je le plains fort. Je vis son caractere
Lorsqu'il fut question d'embrasser un état.

LYSIMON *à part.*

Bon, le Fils extravague, & le Pere est un fat.

PYRANTE.

Plait-il ?

SYLIMON.

Rien.

PYRANTE.

Sa raison fut long-tems occupée
A le déterminer pour la robe ou l'épée :
Enfin il souhaita d'avoir un Régiment.
J'y souscrivis d'abord, j'en obtins l'agrément.

SYLIMON.

Fort bien.

PYRANTE.

Deux jours après il crut tout au contraire,
Qu'une charge de Robe étoit mieux son affaire.

LYSIMON.

Et bien, que fites-vous ?

PYRANTE.

Je me fis un plaisir
De pouvoir en cela contenter son desir.
J'avois mis cette affaire en train d'être concluë
Quand mon Fils tout à coup vint s'offrir à ma vûë,
Les yeux baignez de pleurs, embrassant mes genoux,
Avoüant qu'il avoit merité mon courroux,
Mais que si je voulois terminer ses allarmes,
Je le destinerois pour le métier des armes :
Il s'est dans ce métier distingué de façon,
Que j'ai connu depuis qu'il avoit eu raison,
Et que j'ay résolu le reste de ma vie
De le laisser en tout contenter son envie.

LYSIMON.

C'est fort bien fait à vous : Pour moy j'ay résolu
Que mes enfans feront ce que j'aurai conclu,
Point de quartier morbleu. Mon Fils aîné Clitandre
Vouloit être d'Epée, & loin d'y condescendre
J'ai voulu qu'il portât la Robe & le Rabat.

PYRANTE.

Et vous en avez fait un mauvais Magistrat.

LYSIMON.

Bon il n'eſt pas le ſeul, c'eſt ce qui me conſole.
Le ſecond de mes Fils n'eſt qu'une franche idole,
Vous le ſçavez.

PYRANTE.

Eh bien.

LYSIMON.

J'en ay fait un Abbé.
On m'a parlé pour lui, je n'ay point ſuccombé,
Quand j'ay pris un parti, rien ne peut m'en diſtraire.
Lors qu'on eſt d'un avis j'en prens un tout contraire.

PYRANTE.

Et votre Chevalier?

LYSIMON.

Ce n'eſt qu'un étourdi.
J'en fais un Mouſquetaire. Il s'eſt long-tems roidi
Contre un pareil deſſein, mais il a du courage,
Il faut....

PYRANTE.

N'en dites pas s'il vous plaît d'avantage.
Un ſi dur procedé me fâche au dernier point,
Et je vous promets bien de ne l'imiter point.

SCENE II.

PYRANTE, LYSIMON, FRONTIN.

FRONTIN *à Pyrante.*

JE vous cherche, Monſieur, avec impatience.

PYRANTE.

Eh bien, que fait mon Fils?

FRONTIN.

Il reflêchit, il penſe,
Il me chaſſe, il m'appelle, il eſt aſſis, debout,
Il court, puis il s'arrête, il balance, il réſout,
Il eſt joyeux, rêveur, plaiſant, mélancolique;
Il approuve, il condamne, il ſe taît, il s'explique,

Il sort de la maison, il y rentre aussi-tôt,
Il veut, il ne veut plus, ne sçait ce qu'il lui faut,
Et voilà pour vous faire un récit bien sincere,
De Monsieur votre Fils le manege ordinaire.

PYRANTE.

Il n'est pas question de ce beau récit-là,
Et depuis trés-long-tems, je connois tout cela.
Tu sçais que me trouvant sur le déclin de l'âge,
Je voudrois voir mon Fils songer au mariage.

FRONTIN.

De vos ordres secrets je me suis acquité
Avec beaucoup de zéle & de dexterité:
Hier au soir j'employai mes soins & mon adresse
Pour luy persuader de prendre une Maîtresse
Qui portait ses desirs au lien conjugal,
Je le prêchai long-tems, & ne prêchai pas mal.
Je suois sang & eau.

PYRANTE.

Quelle fut sa réponse?

FRONTAIN.

Ah belle tout-à-fait & digne qu'on l'annonce!

PYRANTE.

Eh bien il répondit?

FRONTIN.

Il ne répondit rien,
Mais, Monsieur, mon discours l'endormit assez bien.

LYSIMON.

Il se moque de vous.

FRONTIN.

Non, je me donne au Diable.

PYRANTE.

Je crois que ce qu'il dit est assez veritable.
Ainsi donc tes discours ont esté sans effet?

FRONTIN

Pardonnez-moy vraiment. J'en suis trés-satisfait.
En voici les raisons en fort peu de paroles.
Ce matin...

LYSIMON.

Il vous va conter des fariboles.

FRONTIN.

Eh mais, si Monsieur veut contrarier toujours,
Je ne finirai pas mon récit en deux jours.

PYRANTE.

Eh laissez-le parler.

FRONTIN.

Ce matin donc mon Maître,
Au moment que le jour commençoit à paroître,
S'est levé tout joyeux. Cher Frontin, m'a-t-il dit,
Tes discours ont long-tems occupé mon esprit.
Tout bien consideré je me trouve en un âge
Où je dois en effet songer au mariage.
Je ne balance plus, le dessein en est pris.

PYRANTE.

Plus agreablement pouvois-je être surpris?
Tien; voilà deux Louis pour la bonne nouvelle.

FRONTIN.

Trés-obligé. Je sors. Mon Maître me rappelle,
Je l'habille, il se taît. Quand il est habillé,
Je rêvois, me dit-il, tantôt tout éveillé.
Qui moy me marier? Ah je n'ai point d'envie
D'aller risquer ainsi le repos de ma vie.

LYSIMON.

Je vous l'avois bien dit, qu'il se moquoit de vous.

PYRANTE.

Allons Coquin, rends-moy mes deux Louis.

FRONTIN.

Tout doux.
Ceci ne finit pas comme on pourroit le croire.
Ecoutez, s'il vous plaît, la fin de mon histoire.
Il sort : A son retour il paroît tout changé;
Il brûle de se voir par l'hymen engagé.
D'un semblable projet je ne faisois que rire :
Mais comme il m'a permis de venir vous le dire
Et de vous assurer qu'il ne changera point,

Je crois qu'il ne peut plus reculer sur ce point.

PYRANTE.

C'est bien dit : Il me craint, il m'aime, il me respecte.

Sa résolution ne peut m'être suspecte.

Mais dis-moy.

FRONTIN.

Quoi, Monsieur?

PYRANTE.

Je serois curieux

De sçavoir s'il n'a point encor jetté les yeux

Sur quelque objet...

FRONTIN

Eh oüi. C'est ce qui fait sa peine.

PYRANTE.

Comment? A-t-on pour lui du mépris, de la haine?

FRONTIN.

Non ce n'est point cela. La peine où je le vois

C'est qu'il aime, Monsieur, deux Belles à la fois.

L'un de ces deux objets est une jeune Blonde

Qui paroît à ses yeux la plus belle du monde;

Et l'autre est une Brune aux yeux vifs & perçans

Dont les charmes sur lui ne sont pas moins puissans.

Le serieux de l'une & sa langueur touchante

Lui disent qu'elle est tendre, & fidelle & constante,

Mais l'enjoüement de l'autre, & sa vivacité

Ont un attrait piquant dont il est enchanté.

Enfin passant toujours de la Blonde, à la Brune,

Il les veut toutes deux & n'en choisit aucune,

Et quant à moy, je crois que pour le rendre heureux,

Il les luy faudroit faire épouser toutes deux.

PYRANTE.

Finis ce badinage, & tire-moy de peine.

Qui sont ces deux objets?

FRONTIN.

Julie & Celimene.

PYRANTE.

Je ne m'étonne plus s'il a tant souhaité
Que je logeasse ici.

FRONTIN.

Pour sa commodité
Il a voulu loger avec Madame Argante,
Et la chose en sera beaucoup moins fatigante,
Car nous ferons l'amour sans quiter la maison.

PYRANTE.

Je m'étois bien douté que c'étoit la raison ....

LYSIMON.

Si vous veus en doutiez, c'est par là ce me semble,
Qu'il falloit éviter de loger tous ensemble.

PYRANTE.

Pourquoy?

LYSIMON.

Vous souffrirez sans en être honteux,
Qu'à vos yeux votre Fils fasse le langoureux?

PYRANTE.

Sans doute.

LYSIMON.

Vous pourrez avoir la patience
De l'entendre parler de flâme, de constance,
Et vous tiendrez enfin à tous ces sots discours
Que nos Amants transis rebattent tous les jours?

PYRANTE.

Oüi : mon Fils est d'un âge à sentir dans son ame
Les tendres mouvemens d'une amoureuse flâme.

LYSIMON.

Les tendres mouvemens! Quels termes doucereux!
Je crois qu'en un besoin vous seriez amoureux.

PYRANTE.

Non mon tems est passé : Mais comme en ma jeunesse
J'ai goûté les plaisirs d'une vive tendresse,
Je dois trouver fort bon que mon Fils à son tour
S'abandonne aux transports d'un legitime amour;

Je ne condamne point ce que j'ay fait moy-même.
J'aimois quand j'étois jeune, il faut que mon Fils aime.

LYSIMON.

Mais pouvez-vous souffrir qu'il songe à s'allier
Avec Madame Argante? Elle est folle à lier.

PYRANTE.

Oüi, mais ses Filles sont aussi sages que belles.

LYSIMON.

Elles ont peu de bien.

PYRANTE.

Mon Fils en a pour elles.

LYSIMON.

Je ne replique rien tant je suis en courroux.
Mais je vous avertis que je romps avec vous :
Plus de commerce ensemble . . Adieu, je me retire.

PYRANTE.

Adieu donc.

LYSIMON.

Serviteur.

SCENE III.

PYRANTE, FRONTIN.

PYRANTE.

Il faut le laisser dire;
Que Dorante choisisse en toute liberté
J'y consens, mais voici ce que j'ay projetté.
Je vais tout au plutôt trouver Me. Argante
Pour tâcher d'obtenir qu'elle accorde à Dorante
Julie ou Celimene, aprés qu'il m'aura dit
Celle qui luy convient.

FRONTIN.

Voylà sans contredit
Le plus sage dessein que l'on pût jamais prendre.
Allez l'exécuter, & moy je vais attendre
Que Dorante...

PYRANTE.

Sur tout, parle luy sagement,
Et ne luy marque rien de mon empressement.

SCENE IV.

FRONTIN *seul.*

JAmais Pere fut-il ni meilleur, ni plus sage?
Mais j'apperçoy mon Maître. On voit sur son visage
L'irresolution peinte avec tous ses traits.
Puisqu'il ne me voit pas, approchons de plus près.

SCENE V.

DORANTE, FRONTIN.

DORANTE.

AH! te voilà Frontin.

FRONTIN.

Oüi; Monsieur, c'est moy-même.

DORANTE *se promenant*

Frontin.

FRONTIN.

Monsieur.

DORANTE.

Je suis dans une peine extrême...
Le Carrosse est-il prêt ?

FRONTIN.

Oüi, depuis ce matin.

DORANTE.

Je m'en vais. Tu diras à mon Pere... Frontin
Tu ne lui diras rien.

FRONTIN.

Bon, la chose est facile.

DORANTE *s'en va, puis il revient.*

Qu'on ne m'attende point. Je dois dîner en Ville.

FRONTIN.

Cela suffit.

DORANTE *se promenant toujours.*

Je croy qu'il seroit a propos...
Frontin. Dis au Cocher qu'il ôte les Chevaux,
Je ne sortiray point.

FRONTIN.

Vous avez une affaire...

DORANTE.

Fais ce que l'on te dit.

FRONTIN.

Soit, je m'en vais le faire.

SCENE VI.

DORANTE *seul.*

ENfin... J'aurois mieux fait cependant de sortir.
Eh ne te presse point de l'aller avertir.
Mais il ne m'entend plus. Restons. Le Mariage

Est un joug trop pesant, & plus je l'envisage....
Non, ne nous mettons point au rang de ces Maris
Dont le sort...

SCENE VII.

DORANTE, FRONTIN.

DORANTE.

Ah! Frontin, voilà mon parti pris.

FRONTIN.

Tout de bon?

DORANTE.

Tout de bon.

FRONTIN.

Quoy déja?

DORANTE.

Chose sûre.

FRONTIN.

Tant pis. Cela n'est pas d'un favorable augure.

DORANTE.

Pourquoy?

FRONTIN.

Quand vous voulez decider promptement,
Cela ne dure au plus que le quart d'un moment.

DORANTE.

Non c'en est fait, te dis-je, & pour toute ma vie.

FRONTIN.

En jureriez-vous?

DORANTE.

Ouy.

FRONTIN.

J'en ay l'ame ravie.
Laquelle épousez-vous?

DORANTE.

Laquelle ?

FRONTIN.

Ouy dittes-moy,
Est-ce Julie à qui vous donnez votre foy ?
C'est elle assûrément. Je voy que je devine.
Mais vous tournez la tête, & vous faites la mine.
Prenez-vous Celimene ? hem ? vous ne dites mot.

DORANTE.

Ne cesseras tu point de parler comme un sot ?

FRONTIN.

Comment ?

DORANTE.

J'épouserois Julie ou Celimene ?

FRONTIN.

Oüi, vrayment, & je croy la chose bien certaine.

DORANTE.

Et sur quoy le crois-tu ?

FRONTIN.

Plaisante question !
N'en aviez vous pas pris la resolution ?

DORANTE.

Oüi, tu dis vray. Mais grace à mon heureuse étoille,
Je ne suis plus aveugle, & j'ay brisé le voile
Qui cachoit à mes yeux les dangers & l'ennuy
Que dans le Mariage on essuye aujourd'huy.
Ouy, tout ce que je voy m'attriste ou m'épouvente.
Ma Femme sera prude, ou bien sera galante.
Prude, elle m'ôtera toute ma liberté,
Et voudra gouverner avec autorité,
Inquiette, jalouse, altiere, soupçonneuse,
Triste, vindicative, & sur tout, querelleuse.
Si ma Femme est galante, à quoy suis-je exposé ?
Mari très-incommode, ou très apprivoisé,
Par trop de complaisance, ou par trop de scrupule,
D'un ou d'autre côté, je deviens ridicule.
Si je me mets au rang des maris trop prudents

Tranquile aux yeux de tous, jurant entre mes dents
Je n'entretiendray seul mon infidelle épouse,
Que pour donner carriere à ma fureur jalouse,
Et je ne réponds pas qu'enfin cette fureur...
Non, en fuyant l'hymen, j'évitte mon malheur.

FRONTIN

Tenez vos sentimens ne sont plus à la mode.
Et tout cela, Monsieur, sent l'ancienne methode.
Autrefois sur l'honneur on étoit delicat,
Un Mari qui s'en pique à present, est un fat.
Mais d'ailleurs ce qui peut calmer votre épouvente,
Toute Femme après tout, n'est pas prude ou galante,
Il en est d'une espece... ah ! d'une espece...

DORANTE.

Et bien ?

FRONTIN.

Des Femmes qui jamais ne chicannent sur rien,
Et de qui la douceur égalant la sagesse...
La difficulté gît à trouver cette espece ;
On dit qu'elle est fort rare, & je le dis aussi,
Mais je crois tout de bon qu'elle se trouve ici,
Celimene & Julie...

DORANTE.

Oüi, l'une & l'autre est sage,
J'en augure fort bien, mais point de mariage.

FRONTIN.

Mais tout à l'heure encor, vous m'avez assuré...

DORANTE.

J'ay changé de pensée & je m'en sçay bon gré.

FRONTIN.

Monsieur, permettez-moy de vous dire une chose,
Ne resolvez plus rien sans y mettre une clause.

DORANTE.

Une clause ? & pourquoi ?

FRONTIN.

C'est qu'en peu de moments

Vous

Vous avez quatre fois changé de sentimens.

DORANTE.

Quatre fois !

FRONTIN.

Tout autant.

DORANTE.

Je ne le sçaurois croire.

FRONTIN.

J'en vais faire le compte il est dans ma memoire.
Item en s'éveillant mon Maître que voilà
Souhaittoit une Femme.

DORANTE.

Oüi, je sçay bien cela.

FRONTIN.

Plus, s'étant habillé, mon-dit Maître trop sage
A blasphemé vingt-fois contre le mariage.
Item, il est sorti disant que son retour
Ne seroit au plutôt que vers la fin du jour,
Mais un quart d'heure après est rentré pour me dire
Qu'il s'alloit marier, ce qui m'a fait bien rire.
Item le susdit Maître, en ce susdit moment
Dit au susdit Frontin, que craignant prudemment
Pour son front delicat quelque sensible outrage,
Ou d'une prude au moins l'humeur fiere & sauvage
Il renonce à jamais au lien conjugal,
Le tout bien supputé se monte le Total
Qui ne me paroît pas rehausser votre gloire,
A quatre sentimens sauf erreur de memoire.

DORANTE.

Quand il est question, Frontin, de s'engager
Par les nœuds de l'hymen, on n'y peut trop songer.

FRONTIN.

Mais sur tout autre fait, comme sur cette affaire
Vous ne sçavez jamais ce que vous voulez faire.
Vous resvez ?

DORANTE.

Après tout, de l'humeur dont je suis

Je pourrai mieux qu'un autre éviter les ennuys
Et tous les accidens dont l'hymen nous menace.
Oüy, je sçai les moyens de parer ma disgrace,
De faire que pour moy l'hymen ait des douceurs;
Quand on fait un bon choix, c'est le lien des cœurs.
Un Mari complaisant, liberal, jeune & tendre,
Au bonheur d'être aimé peut aisément prétendre,
Si lors qu'il se marie il possede le cœur
De celle, dont il veut faire tout son bonheur.
Son exemple est puissant sur l'esprit de sa femme.
Vertueux, il soutient la vertu dans son ame,
Rempli dégards pour elle, il en est respecté,
Fidele, il la maintient dans la fidelité.
Mille exemples enfin font aisément connoître
Que souvent les Maris sont ce qu'ils veulent être.
Malgré les mœurs du tems, je veux me rendre heureux,
En bornant à ma Femme & mes soins, & mes vœux,
Et plus amant qu'Epoux, toujours la politesse
Suivra les doux transports de ma vive tendresse.
Voilà le vrai moyen d'être en repos, cheri,
Et de faire au galant preferer le mari.

FRONTIN.

La chose en ce tems-ci me paroît difficile.
Quiconque y réüssit peut passer pour habile,
Mais ce miracle-là vous étoit reservé.

DORANTE.

Oüi, je prétends me faire un bonheur achevé.

FRONTIN.

Voyons donc maintenant à choisir des deux belles.
Votre cœur penche-t'il également pour elles?

DORANTE.

Si je l'en crois, Frontin, mon choix est déja fait.

FRONTIN.

N'aimez vous point Julie?

DORANTE.

Oüi, je l'aime en effet.

Son aimable enjoüement me ravit & m'enchante.
Quel brillant ! Quel éclat !

FRONTIN.

Elle est vive & piquante.
Ses yeux quoy que muets demandent clairement,
Ce que sa bouche n'ose expliquer nettement.

DORANTE.

Je l'avouë entre nous, dès que je l'envisage,
Je n'ai plus de raisons contre le mariage.

FRONTIN.

Je suis de même avis. Or donc sans biaiser,
Il faut nous dépêcher, Monsieur, de l'épouser.

DORANTE.

M'y voilà resolu. . . Mais pourtant quand j'y pense,
Sa Sœur est bien aimable.

FRONTIN.

Elle est d'une indolence. . .

DORANTE.

Tu nommes indolence, un gracieux maintien,
Une douce langueur, un modeste entretien,
Tout ce qui fait enfin que l'on ne peut sans crime
Lui refuser au moins la plus parfaite estime.
Oüi, quoi que malgré moi Julie ayt tous mes vœux,
Je sens qu'avec sa Sœur, je serois plus heureux.

FRONTIN.

Prennons donc celle-ci. Bon, le voila qui pense,
Votre choix est-il fait ?

DORANTE.

Non, je suis en balance,
Je ne sçai que resoudre, & d'une & d'autre part. . ;

FRONTIN.

Ma foy m'en croirez-vous ? choisissez au hazard.

DORANTE.

Non Frontin, mais je sçais un moyen infaillible
Pour sortir d'embarras

FRONTIN.

Seroit-il bien possible ?

DORANTE.

Si l'une des deux Sœurs a du penchant pour moy,
Dès que je le sçauray je lui donne ma foi.
Celle qui m'aimera sera la plus aimable.

FRONTIN.

Parbleu cette pensée est assez raisonnable.
Nerine peut sçavoir leurs secrets sentimens,
Elle m'aime, il est sûr que jamais deux Amants
N'ont de secrets entr'eux, outre que d'ordinaire,
Toute Fille suivante est peu propre à se taire.
Je vais sur ce sujet la faire raisonner.

DORANTE.

J'attendray ton retour pour me déterminer,

Fin du premier Acte.

ACTE II.

SCENE PREMIERE.

NERINE *seule.*

ALlez, Monsieur, Frontin, comptez sur mon adresse,
Je mourrai dans la peine, ou tiendray ma promesse.
Je puis fort aisément sonder deux jeunes cœurs
Dont le monde n'a point encor gâté les mœurs,

Et quand je n'aurois pas toute leur confiance,
Comme je l'eus toujours dès leur plus tendre enfance,
Je suis fine, & je sçay du cœur le plus discret,
Arracher quand je veux, un amoureux secret.
Sur tout je voudrois voir Celimene amoureuse,
Car elle me paroît un peu trop dédaigneuse ;
Elle fait vanité de n'avoir nuls desirs,
Et dans l'indifference elle met ses plaisirs.
Triste état, à mon sens, que cette lethargie.
Mais pour moi sans l'amour j'estime peu la vie.
Finissons : & tandis que Madame est dehors,
En faveur de Dorante employons nos efforts.
Voici tout à propos, la prude Celimene.

SCENE II.

CELIMENE, NERINE.

NERINE.

Vous êtes bien rêveuse.

CELIMENE.

Ouy, je suis fort en peine.

NERINE.

Et de quoy ?

CELIMENE.

Je ne sçay. Je venois te trouver.
Dis moy, ne sçais tu point ce qui me fait rêver?

NERINE.

Tout franc, la question me paroît fort plaisante?
Comment vous ignorez ?..

CELIMENE.

Je ne suis pas contente.
C'est tout ce que je sçais.

NERINE.

Examinez-vous bien.

CELIMENE.

Je cherche, j'examine, & ne découvre rien.

NERINE.

Mauvais mal ! depuis quand êtes-vous si rêveuse ?

CELIMENE.

Depuis trois jours.

NERINE.

Oh, oh, l'affaire est serieuse.
Depuis trois jours ?

CELIMENE.

Tu sçais que naturellement
Je me plais à rester dans mon appartement,
Que j'évite le monde, & que toujours tranquille,
Je nourris mon esprit d'une lecture utille.

NERINE.

Eh bien ?

CELIMENE.

Depuis trois jours je ne me connois plus :
Pour me tranquiliser mes soins sont superflus.
Je vais, je viens, je suis inquiette, agitée.

NERINE.

Pauvre enfant ! Je vous trouve aussi plus ajustée
Qu'à l'ordinaire.

CELIMENE.

Oüi, mais je ne sçai pourquoi.

NERINE.

Des mouches, des rubans. Ah qu'est-ce que je voy !
Vous avez mis du rouge !

CELIMENE.

Il faut suivre la mode.

NERINE.

Quoy, vous qui la trouviés ridicule, incommode ?

CELIMENE.

Ah ma chere ! Aide-moy de grace, à deviner
D'où vient ce changement qui paroît t'étonner.

NERINE.

Ne le sçavez-vous pas ?

CELIMENE.

Non, ma peine est extrême,

Je ne sçaurois encor me deviner moy-même.

NERINE.

Je m'en vais vous ayder. Là ; regardez-moy bien.

Bon.

CELIMENE.

Parle franchement & ne me cache rien.

NERINE.

Non, non. Depuis un tems je me suis aperçûë,
Que notre Chevalier jette sur vous la veuë,
Qu'il vous dit des douceurs... Je crois que m'y voilà.

CELIMENE.

Si tu ne sçais pas mieux deviner que cela,
Nous ne pourrons jamais sçavoir ce que je pense.

NERINE.

Excusez, s'il vous plaît, mon peu d'experience
Je viens de m'essayer dans l'Art de deviner,
Et dans un coup d'essay l'on peut mal raisonner.
Voyons si cette fois je serai plus habille.
C'a, depuis quand Dorante est-il en cette Ville ?

CELIMENE.

Eh mais... depuis trois jours, justement.

NERINE.

Justement.

Vous avez remarqué la chose, exactement.

CELIMENE.

Eh bien, Nerine.

NERINE.

Eh bien... Je n'ay plus rien à dire.

CELIMENE.

Cela ne suffit pas, acheve de m'instruire.

NERINE.

Ceci commence donc à vous interesser ?

CELIMENE.

Plus que le Chevalier.

NERINE.

Je le puis bien penser.

CELIMENE.

Poursui donc.

NERINE.

Vous étiez solitaire & tranquille ;
Nourissant votre esprit d'une lecture utille,
Maintenant tout cela ne vous divertit plus :
Pour vous tranquiliser vos soins sont superflus,
Et c'est depuis trois jours sans en sçavoir la cause
Que vous sentez en vous cette metamorphose.

CELIMENE.

Il est vrai.

NERINE.

Confrontons bien curieusement
Le retour de Dorante, & votre changement,
Et si ces deux faits-là forment la même époque,
Nous connoîtrons bientôt le mal qui vous suffoque.
Depuis trois jours Dorante est de retour ici,
Votre humeur a changé depuis trois jours aussi,
Donc, ce que je conclus la belle serieuse,
C'est que depuis trois jours vous êtes amoureuse.

CELIMENE.

Crois-tu cela ?

NERINE.

Sans doute, & dès hier je vis...

CELIMENE *en soûpirant.*

A te dire le vrai, je suis de ton avis.
Adieu. J'ay trop parlé .. Mais dis-moy, pour m'instruire
N'aurois-tu point encor quelque chose à me dire ?

NERINE.

Non.

CELIMENE

Crois-tu que Dorante ait du goût pour ma Sœur?

Ce n'est pas que Dorante ait fort touché mon cœur
C'est curiosité plutôt que jalousie.
Curiosité pure.

NERINE.

Ouy. Pure hypocrise.

CELIMENE.

Que dis-tu?

NERINE.

Que je vais travailler de mon mieux,
Afin de contenter vos desirs curieux.
Mais si vous m'en croyez, & si vous voulez plaire,
De toutes ces façons tâchez à vous défaire,
Et pour vous dire net, ce qu'il faut sur ce point,
Vous faites l'innocente & vous ne l'êtes point.

SCENE III.

NERINE *seule.*

LA solitaire en tient, & me voilà contente.
Nous pourrons à present déterminer Dorante.

SCENE IV.

JULIE, NERINE.

JULIE *entre en chantant & en dansant.*

JE ne sçay pas pourquoy mille gens chaque jour
Sur un ton langoureux se plaignent de l'amour.
Et comment on soutient qu'une vive tendresse

Fais soupirer, gemir, & languir de tristesse ;
Pour moy Nerine, j'aime, & j'aime de bon cœur ;
Cela n'a pourtant rien changé dans mon humeur.

NERINE.

Vous aimez ? Cet aveu me paroît fort sincere.

JULIE.

Oh ! je ne suis pas Fille à t'en faire un mystere.

NERINE.

J'en sçay qui ne sont pas aussi franches que vous.

JULIE.

Moy j'aime & je le dis, l'amour en est plus doux.
D'Amantes & d'Amans chaque País abonde ;
Pourquoy rougir d'un feu qui brûle tout le monde ?

NERINE.

L'amour est en effet, un puissant Potentat,
Le guerrier petulent, le grave Magistrat,
Le doucereux Abbé, le Procureur avide,
L'Avocat babillard & l'usurier perfide,
Le Vautour son Confrere & tous les animaux,
Jeunes, vieux, doux, cruels, sur terre, dans les eaux,
Tout est bon gré, malgré, soumis à son Empire,
Ainsi l'on peut aimer sans craindre de le dire.

JULIE.

Les exemples du moins ne me manqueront pas.

NERINE.

Celuy que vous aimés adore vos appas
Sans doute ?

JULIE.

A dire vray, je n'en sçay rien encore.

NERINE.

Comment ! vous l'ignorez ?

JULIE *en sautant.*

Vrayment ouy je l'ignore.

NERINE.

Mais je ne voy pas là de quoi rire & sauter.

JULIE.

J'aime pour mon plaisir, & non pour m'attrister ;

NERINE.

Vous m'avoüerez du moins que cette incertitude
Doit mettre en votre esprit un peu d'inquiétude.

JULIE.

Point. Si celui que j'aime a de l'amour pour moy,
Je veux pour l'en payer l'aimer de bonne foy.
S'il prétend m'honorer de son indifference,
Bien loin de me piquer d'une sotte constance,
Avant qu'il soit huit jours je m'en consoleray,
Et par quelque autre amour je me détacheray.
De l'humeur dont je suis vois-tu, rien ne m'afflige.

NERINE.

J'aime assez cette humeur.

JULIE.

Point de chagrin te dis-je.
Il faut prendre l'amour comme un amusement.

DORANTE.

Ne me direz vous point quel est l'heureux amant ?....

JULIE.

C'est Dorante.

NERINE.

Dorante ?

JULIE.

Ouy, Dorante lui-même,
Ne te paroît-il pas meriter que je l'aime ?

NERINE.

Je le trouve au contraire un Cavalier parfait,
Et j'approuve le choix que votre cœur a fait.

JULIE.

Ah ! je voudrois qu'il sçût à quel point je l'estime.

NERINE.

Ne souhaitez-vous rien de plus ?

JULIE.

Seroit-ce un crime
De souhaiter aussi qu'il m'aimât tendrement ?

NERINE.

Non. Ne desirez-vous que cela seulement ?

JULIE.

Mais je voudrois aussi pour me prouver sa flame,
Qu'il pût me demander & m'obtenir pour Femme.

NERINE.

Ensuite ?

JULIE.

Ensuite, ensuite; Oh demeurons-en là,
Mes vœux jusqu'à present ne passent point cela.

NERINE.

Dorante à ce qu'on dit, vous croit un peu volage,
Et craint vôtre inconstance après le mariage.

JULIE.

Non. Dussent me railler les Femmes d'aujourd'huy,
Tous mes vœux, tous mes soins ne seront que pour luy,
Mais à condition, pour prix de ma tendresse,
Que je lui tiendrai lieu de femme & de maîtresse.
S'il s'en tient à l'estime & porte ailleurs l'amour . . . .

NERINE.

Vous n'êtes point ingrate, à beau jeu, beau retour

JULIE.

Non, mais. . .

NERINE.

Si vous voulez suivre cette methode,
Je garantis bien-tôt le futur à la mode.
Car il est statué par les loix d'aujourd'huy
Qu'un Mari du bel air n'aime jamais chez luy.

JULIE.

Ma Mere vient, adieu, garde toy de lui dire. . .

SCENE V.

Me. ARGANTE, JULIE, NERINE.

Me. ARGANTE *à Julie.*

QUe faites vous ici ? Vîte, qu'on se retire,
Et sur tout, ayez soin de rester là dedans.

NERINE.

Ouy.

JULIE *faisant la reverence, & des mines à Nerine.*

Je m'en vais.

SCENE VI.

Me. ARGANTE, NERINE.

Me. ARGANTE.

QUelqu'un est-il venu ceans ?

NERINE.

Ouy, Madame, j'ay vû le bon homme Pyrante
Qui venoit vous parler d'une affaire importante.

Me. ARGANTE *vivement.*

Et dis moy ma mignone, étoit-il avec lui ?

NERINE.

Qui donc ?

Me. ARGANTE.

Dorante.

NERINE.

Non.

Me. ARGANTE.

Se peut-il qu'aujourd'hui

Il ne soit pas venu pour me rendre visite?

NERINE.

Non, je ne l'ay point vû. Vous êtes interdite.

Me. ARGANTE.

Mais de sa part au moins, on est venu sçavoir
Comment je me portois, & s'il pouvoit me voir.

NERINE.

Encor moins.

Me. ARGANTE.

Comment donc ?

NERINE.

Ouy, j'en suis bien certaine

Me. ARGANTE.

Dis-moi, n'a-t'il point vû Julie ou Celimene?

NERINE.

Tout aussi peu.

Me. ARGANTE.

Tant mieux. Je respire.

NERINE.

Comment ?

Me. ARGANTE.

Je ne me sens pas d'aise & de ravissement.

NERINE.

Et d'où vous vient, Madame, un tel excès de joye.

Me. ARGANTE.

Tu le sçauras, Dorante... Il faut que je le voye.
J'acheverai bien tôt ce que j'ay commencé.

NERINE.

Quoi donc ?

Me. ARGANTE.

Par un regard qu'hier il m'a lancé,
J'ay vû qu'il me trouvoit encor assez aimable...

NERINE.

Fi donc, vous vous moqués.

Me. ARGANTE.

Rien n'est plus veritable.
J'ay de l'experience.

NERINE.

Oh ! je n'en doute point.

Me. ARGANTE.

Et je ne prens jamais le change sur ce point;
Ça, Nerine, après tout, est-ce que je me flatte?
N'ay-je pas des attraits ?

NERINE.

Ils sont de vieille datte.

Me. ARGANTE.

Nerine.

NERINE.

Quant à moi je ne sçai point flotter
Et je ne suis point fille à vouloir vous gâter.
Chaque chose à son tems. Il faut vous mettre en tête
Que jamais à vôtre âge on n'a fait de conquête;
Que cette gloire est duë à des charmes naissants,
Et non à des appas âgés de cinquante ans.
En vain vous disputés contre le Baptistaire.
Par vos ajustemens, par le desir de plaire,
Par le mélange adroit des plus vives couleurs,
Par un ris attrayant, par de tendres langueurs,
Et par tout ce qui peut avec le plus d'adresse,
Pour conserver les cœurs imiter la Jeunesse.
L'âge est un Ennemi qui nous trahit toujours,
Jamais nous ne plaisons qu'au Printems de nos jours;
C'est alors que sied l'Art de la Minauderie;
Sur l'arriere saison l'Art de la pruderie
Convient, & si le cœur se laisse encor blesser
On peut aimer sous cap, mail il faut financer.

Me. ARGANTE.

Moy financer, Nerine?

NERINE.

Ouy, la seule ressource

A votre âge, est d'avoir des appas dans sa bourse.

Me. ARGANTE.

Soit, je financeray, mais legitimement,
Je ne veux me lier que par le sacrement.

NERINE.

Avec Dorante?

Me. ARGANTE.

Ouy.

NERINE.

Mais vous seriez sa Mere.

Me. ARGANTE.

Vous êtes une sotte.

NERINE.

Et là, point de colere

On ne nous entend point.

Me. ARGANTE.

Nerine, je prétends

Estre comme j'étois à l'âge de vingt ans.

NERINE.

Voilà je vous l'avouë une belle vieillesse.

Me. ARGANTE.

Non, non, crois-moy, je suis encor dans ma jeunesse.

NERINE.

A vos discours, Madame, on le croira fort bien,
Mais à votre visage, hom; l'on n'en croira rien.
Et d'ailleurs vous avez deux Filles très nubiles.

Me. ARGANTE.

Ah! c'est mon desespoir &c.

NERINE.

Plaintes inutiles.

Il faut les marier.

Me. ARGANTE.

Sans ces friponnes-là,

Je n'aurois pas trente ans.

NERINE.

Ouy, je croy bien cela.
Mais malheureusement on vous en croit cinquante.
Combien vous donnez-vous ?

Me. ARGANTE.

Mais j'en ai bien quarante.

NERINE.

Quarante ?

Me. ARGANTE.

Je te vais confier un secret;
Garde toi bien...

NERINE.

Je suis d'un naturel discret.

Me. ARGANTE.

Feu Monsieur mon Mari... Devant Dieu soit son ame,
Mais c'étoit un grand sot.

NERINE *faisant la reverence.*

Je le sçay bien, Madame.

Me. ARGANTE.

Or donc, feu mon Mari voulut bien m'épouser
Pour ma seule beauté. Sans vouloir mepriser,
J'étois comme je suis, fraîche, vive, charmante.
Il avoit bien en fond trois mille écus de rente.
Mais je connus depuis qu'il avoit de surplus
En Billets au porteur, plus de cent mille écus.
Cinq ans avant sa mort il m'en fit confidence,
Et je sçus me contraindre à tant de complaisance
Que le pauvre benêt crut que je l'aimois fort,
Et qu'il me confia ses billets. Il est mort
Grace au Ciel, & je puis en fort belles especes
Recompenser les feux...

NERINE.

Voilà de bonnes pieces.
Aux dépens du défunt vous avez des appas,
Qu'un jeune homme à coup sûr ne méprisera pas.

Me. ARGANTE.

Voilà ce qu'à Dorante il faudroit faire entendre;

NERINE.

A Dorante?

Me. ARGANTE.

Au plutôt.

NERINE.

Je commence à comprendre.

Me. ARGANTE.

Veux-tu luy parler ?

NERINE.

Ouy.

Me. ARGANTE *l'embrassant.*

J'ay toujours bien compté
Que tu m'aimois, Nerine, avec sincerité.
Fais donc agir pour moy tes soins & ton adresse;
Et dis luy que s'il veut répondre à ma tendresse
Mes billets sont à luy.

NERINE.

Fort bien: cela suffit.

Me. ARGANTE *en s'en allant.*

Ce petit fripon-là me fait tourner l'esprit.

SCENE VII.

NERINE *seule.*

ME voilà grace au Ciel, l'unique confidente
De nos deux jeunes Sœurs & de Madame Argante.
Qu'un petit homme aimable est dangereux! Ma foy,
Je crains fort qu'à mon tour je ne l'aime aussi moy,
Franchement si j'étois faite pour y prétendre....

A Dorante.

Vous venez à propos.

SCENE VIII.

DORANTE, NERINE, FRONTIN.

DORANTE.

Et-bien vas-tu m'aprendre
Quelque chose qui puisse enfin fixer mes vœux ?

NERINE.

Je ne sçay, mais enfin, vous êtes trop heureux.
Oh çà, pour commencer, Celimene vous aime.

DORANTE.

Ne te trompes-tu point ?

NERINE.

Je le sçay d'elle-même;
Avant vôtre départ je l'avois soupçonné.
Vôtre retour fait voir que j'ay bien deviné.

DORANTE.

Pour moi qui n'en jugeois que selon l'apparence,
J'avois presque compté sur son indifference.

NERINE.

Aussi, quand j'ay tâché d'éclaircir mes soupçons
Si vous sçaviez combien elle a fait de façons,
Elle vouloit parler. Une honte secrette
L'empêchoit tout à coup d'avoüer sa défaite,
Elle s'efforçoit même, admirés sa pudeur,
Jusques à se cacher le trouble de son cœur;
Mais enfin son amour à trahi son adresse.
Un mouvement jaloux m'a marqué sa tendresse.

DORANTE.

Ah ! que cette pudeur releve ses appas !
Et que j'aime à la voir dans un tel embarras !

Qu'un Amant delicat, apprenant ses allarmes,
Ses troubles, ses combats, trouve en elle de charmes!
Quel tresor est un cœur qui n'a jamais aimé
Et qui n'ose avoüer que l'amour l'a charmé;
Et qu'heureux est l'Amant à qui le sort prepare
Les solides plaisirs d'un triomphe si rare!
Conçois-tu bien, Frontin, jusqu'où va mon bonheur?

FRONTIN.

Ouy, la pudeur, Monsieur, je suis pour la pudeur.

à Nerine.

As-tu de la pudeur toy?

DORANTE.

Sage Celimene
D'un cœur irresolu vous triomphés sans peine;
Ouy, vous avez déja mon estime & mes vœux;
Vous m'aimez, & c'est vous qui me rendrez heureux.

NERINE.

Ainsi vous renoncez desormais à Julie?

DORANTE.

Il le faut bien, Nerine. Est-il une folie
Plus grande, que d'aimer qui ne nous aime pas?

NERINE.

Elle vous aime aussi.

FRONTIN.

Bon, nouvel embarras.

DORANTE.

Je suis aimé dis-tu, de Julie?

NERINE.

Ouy, vrayment.
Elle en a fait l'aveu tout naturellement,
Même elle a souhaité que l'on pût vous l'apprendre,
Et voudroit bien sçavoir ce qu'elle en doit attendre.
Si vous voulez l'aimer, elle vous aimera,
Si vous la méprisez, elle se guérira;
Si vous êtes constant, elle sera fidelle.
Et si vous souhaittez vous unir avec elle,
Par les nœuds de l'hymen, elle y borne ses vœux,

Et sera très-heureuse, en vous rendant heureux.

FRONTIN.

Et bien, qu'en dites-vous ?

DORANTE *après avoir rêvé.*

Ce qu'il faut que j'en dise?

On ne peut trop loüer une telle franchise,
Et dans ce libre aveu dont je suis enchanté,
J'admire les effets de sa sincerité.
Je voulois être aimé d'une Fille sincere,
Je la trouve en Julie, elle a droit de me plaire;
Sans la sincerité qu'il faut toujours chercher,
La plus rare beauté ne sçauroit me toucher.
Une femme sincere est un tresor si rare,
Que dès qu'on la rencontre il faut qu'on s'en empare;
Et quel bonheur encor, quand l'esprit, la beauté,
Mille agrémens sont joints à la sincerité!
Tous ces charmes, Frontin, se trouvent dans Julie,
Et le sort m'offre en elle une fille accomplie.

FRONTIN.

Vous l'épouserez donc?

DORANTE.

Ouy, je voy que nos cœurs
Sont...

FRONTIN.

J'entens, vous allez épouser les deux sœurs.

DORANTE.

Quel discours!

FRONTIN.

Par ma foy, c'est la suite du vôtre.

NERINE.

Les prendrez vous ensemble, ou bien l'une après l'autre?

DORANTE.

Je voudrois n'être aimé que de l'une des deux.

NERINE.

Vous ne vous plaignez donc que d'être trop heureux?

DORANTE.

Le moyen de choisir?

NERINE.

Vôtre malheur est rare,
Et la plainte est nouvelle autant qu'elle est bizarre.
Mais vous avez le don de charmer tous les cœurs,
Et vous ne sçavez pas encor tous vos malheurs.

DORANTE.

Comment donc?

NERINE.

Je connois une jeune pouponne
Qui voudroit vous pouvoir offrir une Couronne,
Et qui pour abreger les discours superflus,
Veut payer vôtre cœur plus de cent mille écus.

FRONTIN.

Cent mille écus?

NERINE.

Comptants.

FRONTIN.

La peste quelle somme!
Vîte, dis nous comment cette belle se nomme.
Cent mille écus, Monsieur, en argent bien compté.
Cela vaut la pudeur & la sincerité.

DORANTE.

Tu railles.

NERINE.

Non l'amour, je croi, la rendra folle.
On vient de me charger de vous porter parole.

FRONTIN.

Veut elle épouser?

NERINE.

Ouy.

FRONTIN.

Monsieur donne sa foy,
Mais il faut cent Loüis de pot de vin pour moy.
Nerine, quelle est donc cette beauté charmante?

NERINE.

Devinez.

DORANTE.

Je ne puis.

NERINE.

Eh bien c'est..

DORANTE.

Qui ?

NERINE.

Me. Argante,

Ce qu'elle sent pour vous lui cause des transports...

DORANTE.

Madame Argante m'aime ?

FRONTIN.

Elle à le Diable au corps;

Ça voyons qui des trois aura la marchandise.
D'un côté la pudeur, de l'autre la franchise,
D'autre part on nous vient offrir cent mille écus,
Ma foy prenons l'argent, & laissons les vertus.

NERINE.

Du siécle où nous vivons c'est assez-là l'usage.

DORANTE.

Qui ? moi ? J'épouserois une Femme à son âge ?

FRONTIN.

Fort bien.

NERINE.

Je vais les faire esperer toutes trois
Pour vous donner le tems de fixer vôtre choix.
Jusqu'au revoir, Frontin.

FRONTIN.

Adieu belle Poulette.

SCENE IX.

DORANTE, FRONTIN.

DORANTE.

CONçois-tu l'embarras où tout cela me jette?

FRONTIN.

Ouy, pour vous empêcher de déterminer rien,
Toutes trois vous aimer ! Fi, cela n'est pas bien.

DORANTE.

Oh pour leur Mere, non, mais ce qui fait ma peine,
C'est, qu'en luy demandant Julie ou Celimene...

SCENE X.

DORANTE, LE CHEVALIER, FRONTIN.

LE CHEVALIER *du côté d'où il entre.*

CRiez, pestez, jurez autant qu'il vous plaira,
Je vous dis en un mot, que cela se fera.
Maugrebleu du vieux fou.

FRONTIN.

Vous êtes en colere,
A qui parliez-vous-là ?

LE CHEVALIER.

Je parlois à mon Pere.

Bon

Bon jour, Frontin.

FRONTIN.

Je suis vôtre humble Serviteur.

LE CHEVALIER.

J'enrage.

FRONTIN.

Vous volà de bien mauvaise humeur.

LE CHEVALIER.

Et qui n'y seroit pas ? Mon Pere en est la cause ;
Il veut me gouverner.

FRONTIN.

Voyez la belle chose.
Un Pere qui veut mettre un fils à la raison,
Il a perdu l'esprit.

LE CHEVALIER.

Ay-je tort, dis-moy ?

FRONTIN.

Non.
On devoit autrefois du respect à son Pere ;
Mais à present, Monsieur, oh ! c'est une autre affaire.

LE CHEVALIER.

La vieillesse est toujours sujette à radotter.
Cependant les vieillards veulent nous regenter.
Mais je soutiens morbleu que c'est à la jeunesse
De prétendre à bon droit gouverner la vieillesse.
L'esprit des jeunes gens est mâle & vigoureux,
Et celui des vieillards est foible & langoureux.
Mais je voi d'où leur vient l'ennui qui nous tracasse,
Ils enragent morbleu de nous quitter la place.
Ah ! Bon jour donc Dorante.

DORANTE *sortant de sa rêverie.*

Ah ! Chevalier bon jour.

LE CHEVALIER.

Je pense qu'à la fin te voilà de retour.
T'avois-je déja vû depuis ton arrivée ?

DORANTE.

Non. Et l'occasion ne s'en est pas trouvée.

LE CHEVALIER.

Que je t'embrasse donc. Ma foi je t'aime bien,
Mon cher. Ton Pere est-il aussi fou que le mien ?
Parle donc.

DORANTE.

Mon Pere est un vieillard venerable,
Pour qui j'aurai toujours un respect veritable.

LE CHEVALIER.

Et si tu parles-là comme nos vieux Gaulois.
Quitte ce sot langage, & parle-moy François.

DORANTE.

Je dis vray.

LE CHEVALIER.

Tu fais donc tout ce que tu veux faire ?

DORANTE.

Oüy. Mais je fais aussi tout ce que veut mon Pere,

LE CHEVALIER.

Le mien me contredit du matin jusqu'au soir,
Et souvent par ses cris me met au desespoir.
A mes moindres desirs il cherche des obstacles.
J'aime le vin, le jeu, les femmes, les spectacles,
Les spectacles s'entend, pour y faire du bruit.
J'aime à dormir le jour, puis à courir la nuit,
A jurer, à médire, à ferrailler, à battre,
Mon Pere sur cela me fait le Diable à quatre,
Et ne peut concevoir que c'est là mon employ,
Et que nos jeunes gens sont tous faits comme moy.

FRONTIN.

Il a tort.

LE CHEVALIER.

Ay-je lieu de l'aimer, je te prie ?
Il veut même empêcher que je ne me marie.

DORANTE.

A te dire le vrai, je croy qu'il a raison.
Pourquoi te marier ? un Cadet de maison ?

LE CHEVALIER.

Et palsanbleu, faut-il qu'un Cadet se morfonde ?

Et les aînés tout seuls peupleront-ils le monde ?
Oh je veux peupler moy.

DORANTE.

Mais n'ayant pas de bien...

LE CHEVALIER.

Va, pour en acquerir je sçais un bon moyen.
Nôtre vieille Maman, cette Madame Argante
A de l'argent, dit-on, & cet argent me tente.
Je prétens au plutôt épouser ses écus.

DORANTE.

Bon. Tu m'empêcheras d'essuyer un refus.

LE CHEVALIER.

Comment ?

DORANTE.

Je me prepare à demander Julie,
Et je brûle de voir cette affaire accomplie.

FRONTIN.

Julie emporte donc la Victoire ?

DORANTE.

Ouy.

FRONTIN.

Ma foy.
C'est bien fait.

DORANTE.

Mais sa Mere a des desseins sur moy ;
Cela peut empêcher le bonheur où j'aspire.
Et comme un jeune Epoux est ce qu'elle désire,
Dés que tu t'offriras...

LE CHEVALIER.

Elle mourra d'amour,
Je la livre à mes piés avant la fin du jour.
Ma figure d'abord surprend, saisit, enchante.

FRONTIN.

Et croyez-vous peupler avec Madame Argante ?

LE CHEVALIER.

Non, son argent est tout ce que j'en veux tirer.

Je suis jeune, elle est vieille, & j'ay lieu d'esperer....

FRONTIN *à Dorante.*

Si vous prenez Julie, & qu'il prenne la Mere,
Monsieur le Chevalier sera vôtre beau-pere.

DORANTE.

Ouÿ, vraiment.

LE CHEVALIER.

Palsangbleu, Cela sera bouffon.
Tu me respecteras.

DORANTE.

Avec juste raison.
Ne nous amusons pas à railler davantage,
Va t'en la demander toi-même en mariage;
Ton compliment reçû j'iray la disposer....

LE CHEVALIER.

Assuré du succès, je vais me proposer.
La vieille a le goût fin, & le cœur le plus tendre!...

DORANTE.

Beau-pere hâtons-nous.

Il veut passer devant, le Chevalier le retient & passe gravement devant luy.

LE CHEVALIER.

St. Aprés moy mon Gendre;

Fin du second Acte.

ACTE III.

SCENE PREMIERE.

PYRANTE, DORANTE, FRONTIN.

PYRANTE.

Je vous l'ay déja dit, l'Irresolution,
Mon Fils, est dangereuse en toute occasion.

DORANTE.

D'un homme irresolu la noble inquiétude
Est l'ordinaire effet d'une profonde étude,
D'un raisonnement sain, & des reflexions
D'où naissent sur un fait plusieurs opinions.
Un pareil embarras n'est connu que du sage,
Mais un esprit grossier suit ce qu'il envisage,
Il ne voit qu'un seul point où tendent ses souhaits,
Et l'embarras du choix ne l'arrête jamais.
Pour moy qui veux en tout agir avec prudence,
Et qui crains de me voir seduit par l'apparence
Je cherche, j'examine, & pour ne faillir pas,
Je crois être obligé de marcher pas à pas.

PYRANTE.

Il raisonne fort juste, & qui le veut entendre
Toujours à son avis est forcé de se rendre.

FRONTIN.

Moi je ne me rends point à ces belles raisons,
Tout irresolu vise aux petites Maisons.

DORANTE.

Maraut.

PYRANTE.

Tais-toy, Frontin. Vous ne devez pas craindre
Qu'à prendre aucun parti je veuille vous contraindre.
Je ne vous ay parlé que comme vôtre ami,
Et je ne serai point complaisant à demi.
Pesez, examinez, j'ay resolu d'attendre
Et j'approuveray tout. Mais il m'a fait entendre
Qu'au mariage enfin vous étiez resolu.
Y pensez vous toujours ?

FRONTIN.

Ouy, nous avons conclu ;
Et concluons encor, si cela peut vous plaire,
Qu'une Femme nous est de tout point necessaire.

PYRANTE.

Vous choisissez Julie, à ce que l'on m'a dit.
Quoy ?

DORANTE.

Tantôt ce dessein m'a passé par l'esprit ;
Mais depuis un moment j'ai changé de pensée.

FRONTIN *à part.*

Encore ? oh ! par ma foy, sa tête est renversée.

PYRANTE.

Auroit-elle pour vous marqué quelque froideur ?
Ou bien vous sentez vous du penchant pour sa sœur ?

DORANTE.

Point du tout.

PYRANTE.

Pourquoi donc, dites-le moy vous-même,
N'épouser pas Julie ? hem ?

DORANTE.

Parce que je l'aime

PYRANTE.

Parce que vous l'aimez, vous ne l'épousez pas?
C'est par là qu'il faudroit...

DORANTE.

Non, elle a trop d'appas,
Et mon cœur pour Julie auroit tant de foiblesse,
Que de mes sentimens elle seroit maîtresse.
D'abord j'avois pensé que pour se rendre heureux
Il falloit de sa Femme être fort amoureux,
Mais j'étois dans l'erreur, & je tiens pour maxime,
Qu'on ne doit pour sa femme avoir que de l'estime.

PYRANTE.

Quel étrange systême!

DORANTE.

Il est bien raisonné.

FRONTIN.

Et moi je dis...

DORANTE.

Quoy?

FRONTIN.

Rien. Je me tiens condamné.

PYRANTE.

Vous vous formez, mon fils, de bizarres scrupules,
Que l'on pourra traitter de craintes ridicules,
Et je crois...

DORANTE.

Permettez que suivant mon dessein
Je porte à Celimene & mes vœux & ma main.
Pour elle penetré de la plus forte estime....

PYRANTE.

C'est là vous entêter d'une fausse maxime,
Et si vous y pensiez pendant quelques momens...

DORANTE.

J'y pense, & la raison regle mes sentimens.

FRONTIN.

Morbleu vôtre raison raisonne en precieuse,
Et je croy franchement qu'elle est un peu quinteuse.

Tantôt elle dit blanc, tantôt elle dit noir;
Elle blâme au matin ce qu'elle louë au soir,
Sans cesse elle épilogue & n'est jamais contente,
Et c'est un vray lutin qui toujours vous tourmente.

PYRANTE.

Tout franc pour un Valet c'est fort bien raisonner;
La raison ne sert point à vous déterminer.

DORANTE.

Mais mon dessein est pris.

PYRANTE.

Avant que de rien faire
Il faut examiner mûrement cette affaire;
Consultez-vous encor pour n'agir point en vain,
Et si vous persistez dans le même dessein
Mon Fils, bien loin d'y faire aucune resistance
Je vous donne déja mon agrément d'avance.
Mais pour moy j'ay toujours esté d'opinion,
Qu'on doit se marier par inclination.

SCENE II.

DORANTE, FRONTIN.

DORANTE.

Il parle sensément.

FRONTIN.

Ouy, la chose est certaine.

DORANTE.

Crois-tu que je persiste à choisir Celimene?

FRONTIN.

La belle question que vous me faites-là!
Et qui peut mieux que vous répondre de cela?

DORANTE.

J'en répons. Mais enfin qu'en pense-tu?

FRONTIN.

FRONTIN.

Je pense
Que déja sur cela vous êtes en balance.
Qu'après avoir formé vingt projets tour à tour,
Vous reviendrez enfin au projet de l'amour.

DORANTE.

Oh bien, détrompe-toi.

FRONTIN.

Je m'en ferois scrupule.

DORANTE.

De tous ces changemens je sens le ridicule.
J'ay choisi Celimene, & la reflexion
Ne détruira jamais ma résolution.
En vain à ce projet l'amour veut mettre obstacle.

FRONTIN.

Oh si vous persistez, je veux crier miracle.

DORANTE.

Tu seras bien surpris?

FRONTIN.

Oüi, Monsieur, par ma foy.

DORANTE.

Tu le serois bien plus, Frontin, si comme moy
Tu pouvois pénétrer jusqu'au fond de mon ame.
Car j'adore Julie, & pour vaincre ma flâme
Je me fais des efforts qu'on ne peut concevoir;
Souvent de ma raison je combats le pouvoir.
Je voudrois quelquefois vaincre sa résistance,
Et quelquefois mon cœur fait pencher la balance...
Attends Frontin.

FRONTIN.

Quoy donc?

DORANTE.

Je croy qu'en ce moment
L'amour sur la raison l'emporte hautement.
Julie à mon esprit s'offre avec tous ses charmes.

Qu'elle est belle, Frontin! Je suis dans des allarmes...
Non....

FRONTIN.

Ferme, resistez à la tentation.

DORANTE.

J'auray peine à tenir ma résolution.
Je le vois à present. Même pour Celimene,
Je sens naître en mon cœur des mouvemens de haine.

FRONTIN.

De haine, dites-vous?

DORANTE.

Oüi. C'est-elle en ce jour
Qui me force à quitter l'objet de mon amour.
Sans cette estime enfin qu'inspire son merite
Je me livrois d'abord à l'objet que j'évite.
Cette estime m'a fait entrevoir le danger
Où guidé par l'amour je m'allois engager:
La crainte du peril n'estonnoit point mon ame.

FRONTIN.

Et quel est ce peril?

DORANTE.

Celuy d'aimer ma femme.
Il n'est point de malheur égal à celuy-là,
Et j'ay mille raisons qui me prouvent cela.

FRONTIN.

Il faut donc pour sa femme avoir beaucoup de haine?

DORANTE.

Non pas.

FRONTIN.

Et pourquoy donc épouser Celimene?
Si vous la haïssez, devenu son Epoux
La haine ne fera que s'augmenter en vous.
Vous vous rappellerez les charmes de Julie,
Et cela vous fera faire quelque folie.

DORANTE.

Sçais-tu que quelquefois tu raisonnes fort bien?

FRONTIN.

Oh, je n'en doute point, Monsieur. Le seul moyen
Pour sortir d'embarras, est d'épouser la belle
Qui sçait vous inspirer une ardeur si fidelle;
Il faut de bonne grace affronter le danger.

DORANTE.

Qui moy? que par l'amour je me laisse engager?
Non: D'ailleurs je me sens un fond de jalousie...

FRONTIN.

Quoy! vous seriez atteint de cette frenesie?

DORANTE.

Oüi, Frontin, je serois jaloux au dernier point.

FRONTIN.

Sur ce pied-là, Monsieur, ne vous mariez point.
Plus on craint le malheur, plus le malheur est proche,
La Femme d'un jaloux, eût-elle un cœur de roche,
Si quelqu'un du dépit saisit l'occasion,
Ne sçauroit résister à la tentation.

DORANTE.

Et voilà justement ce qui cause ma crainte.
Mais je ne pourrai point résister à l'atteinte
Que l'estime ou l'amour porteront à mon cœur
Tant que je serai libre, & pour fuir ce malheur
J'imagine un moyen...

FRONTIN.

Quel dessein est le vôtre?

DORANTE.

Qui m'empêche à jamais d'épouser l'une ou l'autre.

FRONTIN.

Quel est-il ce moyen, ne le sçauray-je pas?

DORANTE.

Tu seras étonné lorsque tu l'apprendras.

FRONTIN.

Ma curiosité devient impatiente.

DORANTE.

Je m'en vais épouser...

FRONTIN.

Qui donc ?

DORANTE.

Madame Argante.

FRONTIN.

Madame Argante ?

DORANTE.

Oüi.

FRONTIN.

Je conviens avec vous ;
Que c'est le vrai moyen de n'être point jaloux.

DORANTE.

Sans cela, tôt ou tard, je ferai la folie
D'épouser malgré moy Celimene ou Julie.

FRONTIN.

D'ailleurs cent mille écus peuvent faire penser . . ?

SCENE III.

Me. ARGANTE, DORANTE, NERINE, FRONTIN.

Me. ARGANTE.

OUi, je veux voir Dorante.

NERINE.

Et pourquoy vous presser ?
Laissez-le se résoudre.

Me. ARGANTE.

Oh je perds patience.
Comment, depuis une heure il résoud, il balance ?
Riche comme je suis, aimable au dernier point . . ?

FRONTIN.

La voici, parlez donc, & ne balancez point.

Me. ARGANTE.

Je l'apperçoy luy-même. Il me cherche, Nerine;
Il brûle de me voir.

NERINE.

Oh je me l'imagine.

FRONTIN *à Dorante.*

Comment, vous hesitez quand il faut declarer?..

DORANTE.

Ah, Frontin, donne-moy le tems de respirer.

NERINE.

Je croy que votre aspect l'embarasse, Madame.

Me. ARGANTE.

Il m'aime, & n'oseroit me découvrir sa flâme.
En effet, mes appas ont jusques à ce jour
Inspiré du respect autant que de l'amour.
Mais je vais réchauffer le beau feu qui le guide,
Et deux de mes regards le rendront moins timide.
Bon jour, mon cher Dorante.

DORANTE.

Ah, Madame.. Bon jour.

FRONTIN.

Oüi. Bon jour. Beau début pour lui parler d'amour.

Me. ARGANTE.

Je vous trouve à propos & j'en suis si ravie...
Avoüez franchement que vous avez envie
De m'ouvrir votre cœur. N'est-il pas vrai, mon cher?

FRONTIN.

C'est pour ce sujet là qu'il alloit vous chercher,
Madame, vos vertus, votre argent & vos charmes,
Font qu'il est obligé de vous rendre les armes,
Et que lorsqu'il vous voit il sent des mouvements...
Allons, Monsieur, allons, dites vos sentimens.

Me. ARGANTE.

Quoy donc! en nous voyant nos bouches sont muettes?
Voulez-vous que nos yeux soient nos seuls interprettes?
Sortons de l'embarras où nous jettent nos feux,
Pourquoy nous en tenir aux regards amoureux?

A Nerine.

Parlez, mon cher enfant. Vois-tu comme il soupire?

DORANTE.

A Frontin.

Madame, vos bontés.... Je ne sçay que luy dire.

FRONTIN.

Faites vous un effort au moins dans ce moment.

A Madame Argante.

Mon Maître, à ce qu'il dit, vous aime éperdument.

Me. ARGANTE.

Eperdument, Nerine. Ah quel comble de gloire!

NERINE.

Ma foy je n'en croy rien.

Me. ARGANTE.

Pourquoy ne le pas croire,

Insolente?

FRONTIN.

Oüi, Madame est-elle hors d'estat

De captiver le cœur d'un homme délicat?

Apprenez que mon Maître est en fait de tendresse,

Plein de rafinement & de délicatesse,

Et trouve des appas quand il a bien rêvé,

Où les autres, morbleu, n'en ont jamais trouvé.

NERINE.

En ce cas je me rends & n'ay plus rien à dire;

Suivez les mouvemens que le cœur vous inspire.

Si Madame a pour vous de si charmants appas,

Vous pouvez l'adorer, je ne l'empêche pas.

Madame se croit belle, elle se rend justice,

D'ailleurs on voit souvent des amours de caprice.

Me. ARGANTE.

Des amours de caprice? est-ce que pour m'aimer

Il faut?...

NERINE.

Non, je sçai bien que vous sçavez charmer.

Me. ARGANTE.

Des amours de caprice ! Ecoutez impudente,
Si vous vous avisez ... Oh ça, mon cher Dorante
Que dirons nous ?

DORANTE.

Et mais, ... tout ce qu'il vous plaira.

Me. ARGANTE.

Qu'il est tendre & galant! Jamais on n'aimera
Comme nous nous aimons, n'est-il pas vray ?

DORANTE.

Madame ...

Me. ARGANTE.

J'aime son embarras, il exprime sa flame
Mieux que tous les discours ...

DORANTE.

Oüi, Madame, il suffit ...

Me. ARGANTE.

Que sa réponse est pleine & d'amour & d'esprit !
Vous sçavez bien pour vous, tout ce que je veux faire?

DORANTE.

Ah ! ce n'est point par là que je vous considere.

FRONTIN.

Non. Il admire en vous une mûre beauté,
Un charmant embonpoint rempli de majesté.
Car il ne peut souffrir les tailles délicates.

Me. ARGANTE *à Frontin.*

Tu ne croirois jamais à quel point tu me flates.
Ç'a faites moy l'aveu de tous vos sentimens,
Secondez mes soupirs par des transports charmants ;
Dites que ma beauté vous charme & vous enflamme,
Dites que mon portrait est gravé dans votre ame,
Et que si notre hymen ne se fait dans ce jour
Vous allez expirer de tristesse & d'amour.

DORANTE.

J'allois vous proposer...Ah, Frontin, qu'elle est folle!

Me. ARGANTE.

Que dit-il ?

FRONTIN.

Que l'amour luy coupe la parole.

Me. ARGANTE.

C'est l'ordinaire effet des grandes passions.
Mais vos tendres regards ont des expressions . . .
De grace finissez un si charmant langage,
Je n'y puis plus tenir. A quand le mariage ?

DORANTE.

Eh mais... quand vous voudrez, dès demain, que
sçait-on ?

NERINE.

Quoy, Monsieur ! vous voulez l'épouser tout de bon ?

FRONTIN.

C'est son dessein, Nerine, & l'affaire est concluë.

NERINE.

Puisque votre union est si bien résoluë,
Souffrez que la premiere en ce même moment,
Je vous fasse à tous deux mon humble compliment.

A Dorante

On m'avoit déja dit, Monsieur, que la sagesse
Chez vous estoit égale à la délicatesse,
Déja plus d'une fois j'en avois vû l'effet ;
Mais ceci passe encore ce que vous avez fait,
Et preferer Madame à deux Filles fort belles,
C'est avoir sur le goût des maximes nouvelles ;
C'est un trait singulier qui sera fort vanté,
Mais qui sera, je croy, rarement imité.

A Me. Argante.

Je m'en vais informer Celimene & Julie
Qu'à Monsieur, dès ce jour un doux hymen vous lie.
Puissiez-vous vivre ensemble aussi tranquilement
Qu'on le doit esperer d'un tel assortiment ;
Puissiez-vous à Dorante inspirer la tendresse,
Puisse Dorante en vous trouver de la jeunesse,
Et pour rendre le trait encor plus singulier

Puissiez-vous à Monsieur donner un heritier.

Elle s'en va en riant.

FRONTIN.

La carogne !

SCENE IV.

Me. ARGANTE, DORANTE, LE CHEVALIER, FRONTIN.

LE CHEVALIER.

Bon jour Maman trop adorable,
On a beau vous chercher, vous êtes introuvable.

Me. ARGANTE.

Pourquoi me cherchez-vous ?

LE CHEVALIER.

Pour vous parler d'amour.
Il faut nous marier avant la fin du jour.

DORANTE *à Frontin.*

Qu'il arrive à propos !

LE CHEVALIER.

Ma flâme est violente,
Et je ne sçay pourquoy je vous trouve charmante.
Je viens donc vous jurer que vous avez en moy
Un protestant tout prêt à vous donner sa foy.

Me. ARGANTE.

Laissez-nous.

LE CHEVALIER.

Refuser un homme de ma sorte ?
Oh ! nous nous convenons, ou le diable m'emporte.

Me. ARGANTE.

Fi donc, petit badin, vous vous passionnez.

LE CHEVALIER.

Et peut-on retenir l'amour que vous donnez ?
Pour vous voir un moment j'ay couru comme un lievre.
Vous m'avez mis en feu. N'aurois-je point la fiévre ?
Tâtez ....

Me. ARGANTE.

Oh je vous croy, car j'ai sçû de tout tems
Inspirer des transports si promts, si violents ...

LE CHEVALIER *se jettant à ses genoux.*

Que je meure à vos pieds si je ne vous adore.
Vous êtes ma Beauté, mon *Soleil*, mon *Aurore.*
Ma grand Maman, daignez m'honorer d'un regard.

Me. ARGANTE.

Mon pauvre Chevalier, vous vous offrez trop tard.

LE CHEVALIER.

Est-il quelque Rival dont la flâme insolente?...

Me. ARGANTE.

Oüi, vous en avez un, le voilà. C'est Dorante.

DORANTE *au Chevalier, bas.*

N'en croy rien, Chevalier.

Me. ARGANTE.

Pour couronner nos feux,
Les doux nœuds de l'hymen vont nous unir tous deux.

LE CHEVALIER.

Bon, vous rêvez cela.

Me. ARGANTE.

Non je vous dis qu'il m'aime.
Si vous ne m'en croyez, demandez-le à luy-même.
Il vient de m'assurer qu'il seroit mon Epoux.

LE CHEVALIER.

Dieu me damne, ma mere, il se moque de vous.

Me. ARGANTE.

Allons, avoüez donc ce que Monsieur ignore.

DORANTE.

Que faut-il avoüer ?

Me. ARGANTE.

Que votre cœur m'adore,
Et que vous me trouvez de si charmants appas,
Que Venus prés de moy ne vous toucheroit pas.

Au Chevalier.

Vous allez voir, Monsieur.

DORANTE.

Madame, en conscience,
Rien n'est moins veritable.

FRONTIN *à part.*

Oh quelle impertinence !

Me. ARGANTE.

Quoy ?

DORANTE.

Mon respect pour vous ne peut être égalé,
Mais pour vous aimer non, qu'il n'en soit point parlé.

Me. ARGANTE.

Vous en avez menti, car je sçai le contraire.

LE CHEVALIER.

Je vous avois bien dit que vous réviez, ma mere.

FRONTIN *à Dorante.*

Il falloit feindre.

DORANTE.

Non. je ne puis.

LE CHEVALIER.

Sur ma foy,
Ne vous attendez point à d'autre Epoux que moy.
Il refuse la main qui par vous est offerte ;
Mais qui peut mieux que moy réparer cette perte ?
Ça, je compte déja notre hymen arrêté,
Ainsi je vais user de mon autorité.
J'entends, je veux, j'ordonne en pere de famille,
Que Dorante au plutôt épouse notre Fille.

Me. ARGANTE.

Ma Fille ?

LE CHEVALIER.

Oüi, Julie. Il l'aime à la fureur,
La friponne pour luy ressent la même ardeur.

Me. ARGANTE.

Vous ne répondez rien. Me dit-il vray, Dorante?

FRONTIN.

Quelque chose approchant.

DORANTE.

Tout franc, Madame Argante,
Monsieur le Chevalier vous convient mieux que moy,
Vous êtes nés tous deux l'un pour l'autre.

LE CHEVALIER.

Oüi, ma foy.

Me. ARGANTE.

Quoy! par un feint amour vous m'auriez donc leurrée?

FRONTIN.

C'est qu'il s'estoit mépris. La chose est réparée.

Me. ARGANTE.

Répondez, répondez; comment justifier?...

DORANTE.

Je vous parle en ami; prenez le Chevalier.

Me. ARGANTE.

Traître.

LE CHEVALIER.

Belle Maman; souffrez que je vous prie;
Si c'est peu d'ordonner, qu'il épouse Julie.

Me. ARGANTE.

Vous aimez la friponne?

DORANTE.

Oüi, Madame, il est vray.

Me. ARGANTE.

Pourquoy donc m'abuser?...

FRONTIN.

C'estoit un coup d'essay.

Me. ARGANTE.

Un coup d'essay?

FRONTIN.

Sans doute, il adoroit Julie,
Mais par bonnes raisons il a conçû l'envie
De quitter cet objet qui sçavoit l'embraser,
Afin de vous servir & de vous épouser:
Mais pour votre malheur, ainsi que pour le nôtre;
Il n'a pû réüssir ni dans l'un ni dans l'autre.

DORANTE.

Oüi, j'ay fait mille efforts pour me donner à vous:
Je mettois mon bonheur à me voir votre Epoux;
Tous ces efforts sont vains. Consentez-donc, Madame,
Qu'un promt hymen m'unisse à l'objet de ma flâme,
Et recompensez-moy d'avoir tout employé
Pour...

Me. ARGANTE.

Vous êtes un sot.

FRONTIN.

Vous voilà bien payé.

DORANTE.

Madame, en verité...

Me. ARGANTE.

Pour votre recompense,
N'attendez de ma part que haine & que vangeance,
Adieu. Vous, suivez-moy, Monsieur le Chevalier.

SCENE V.

DORANTE, FRONTIN.

FRONTIN.

TOut franc, cet adieu-là me paroît singulier.
Mais vous meritez fort un telle avanie,
Et votre incertitude est assez bien punie.

DORANTE.

J'avois mille raisons...

FRONTIN.

Oüi, maintenant je voy
Que vous en trouveriez pour m'épouser, je croy.
Mais enfin ces raisons que vous croyez si belles,
Cedent dans le moment à des raisons nouvelles,
Vous preferiez la mere à l'une & l'autre sœur,
Et dès qu'elle paroît son aspect vous fait peur.
Ecouter votre amour, c'estoit une folie,
Et l'entretien finit en demandant Julie.

DORANTE.

Sa mere m'a paru si folle en ce moment,
Qu'elle m'a fait d'abord changer de sentiment,
Et Julie avec elle à l'instant comparée
M'a paru de tout point digne d'être adorée.
Oüi: je luy vais offrir, & mon cœur, & ma main,
Et rien ne sçauroit plus m'arracher ce dessein.

FRONTIN.

Sa mere voudra-t-elle?...

DORANTE.

On sçaura la réduire.

FRONTIN.

Chut. Voici les deux sœurs. Que vont-elles vous dire?

SCENE VI.

CELIMENE, JULIE, DORANTE, FRONTIN.

JULIE.

AVec empressement nous accourons vers vous;
Ma mere va bien-tôt vous avoir pour Epoux,
Et nous venons, Monsieur, par un respect sincere,
Saluër, reconnoître en vous notre Beau-pere.

Elles luy font toutes deux la reverence.

FRONTIN.

Ah! le trait est malin.

DORANTE.

Si j'ay pû concevoir....

CELIMENE.

Loin de nous écarter des regles du devoir,
Nous vous respecterons en Pere de famille,
Et chacune de nous se dira votre Fille.

Celimene fait la reverence.

DORANTE.

J'avouë ingenuëment que...

JULIE.

Pour moy dês ce jour
Je vais mettre mes soins à vous faire ma Cour.
De vos bontés, Monsieur, j'espere estre appuyée,
Et que de votre main je serai mariée.

Elle fait la reverence.

FRONTIN.

Je parlerai pour vous, je suis son favori;
Allez, je vous promets à chacune un mari.

DORANTE.

Te tairas-tu maraut? Si vous vouliez m'entendre...

JULIE.

Non, vraiment, c'est un soin que je ne veux point
prendre.
Je croyois que pour vous mon cœur eût du penchant,
Mais, Monsieur, sans me faire un effort violent
Je puis le reserver aisément pour un autre,
Et mon indifference est égale à la vôtre.
Je vais trouver ma mere afin de la presser
De celebrer la noce où je veux bien danser.

Elle s'en va en dansant & en chantant aprés avoir fait plusieurs reverences.

FRONTIN *à Celimene.*

Danserez-vous aussi? Mais vous pleurez je pense,
Hom, celle-ci n'a pas tant de goût pour la danse.

CELIMENE.

Ah Dorante, Dorante, où me réduisez-vous?
J'attendois de vous seul mon bonheur le plus doux,
Je ne l'espere plus, & ma douleur extrême...
Adieu, vous voyez trop à quel point je vous aime.

DORANTE.

Madame... Elle me fuit.

SCENE VII.

DORANTE, FRONTIN.

FRONTIN.

Que vous en dit le cœur?

DORANTE.

Ah! je suis penetré de joye & de douleur.

Je

Je suis desesperé des mépris de Julie.
Par les pleurs de sa Sœur, mon ame est attendrie.
Je retombe par là dans ma perplexité ;
Et mon trouble est plus grand qu'il n'a jamais esté.
Mais le dépit enfin me domine, & je jure....
Je n'oserois, Frontin, je crains d'étre parjure.
Si l'une par ses pleurs a sçu gagner mon cœur,
L'autre par ses mépris irrite mon ardeur.
Allons trouver Julie, ah je veux qu'elle apprenne....

FRONTIN.

Allons.

DORANTE.

Non, il vaut mieux parler à Celimene.

FRONTIN.

Et que luy direz vous ?

DORANTE.

Je ne sçay, mais enfin...
Vien, suy-moy, je pourrai me résoudre en chemin.

Fin du Troisiéme Acte.

ACTE IV.

SCENE PREMIERE.

DORANTE, FRONTIN.

FRONTIN.

ENfin donc, Celimene emporte la balance?

DORANTE.

Je me livre au plaisir d'une juste vangeance.
Je veux braver Julie.

FRONTIN.

En conscience, là,
Combien de tems encor voudrez-vous bien cela?

DORANTE.

Combien je le voudrai?

FRONTIN.

Si pendant un quart d'heure
Vous suivez ce dessein, c'est beaucoup ou je meure.

DORANTE.

Moy, je pourrois changer après tous les mepris?...
Ah! ne m'en parle point, le dessein en est pris.

FRONTIN.

Mais, Monsieur ...

DORANTE.

Mais, Frontin, la chose est résoluë,
Je suy de ma raison la puissance absoluë;
Car enfin ne croy pas qu'un dépit amoureux
Me fasse renoncer à l'objet de mes vœux.
C'est là reflexion. Jamais un homme sage
Ne consulte son cœur touchant le mariage;
Il ne veut point aimer celle qu'il se choisit,
Il s'en tient à l'estime, & cela luy suffit;
Je te l'ai dit vingt fois, je te le dis encore:
Mais il doit souhaiter que sa femme l'adore;
Estre aimé sans aimer, c'est le sort le plus doux
Dont se puisse jamais assurer un Epoux,
S'il sçait par une feinte adroite & legitime,
Marquer beaucoup d'amour, n'ayant que de l'estime.
La raison me contraint à prendre ce parti.

FRONTIN.

L'amour luy pourra bien donner un démenti.

DORANTE.

Non, je ne le crains point. Je n'aime plus Julie.

FRONTIN.

Mais cependant, Monsieur, vous la trouviez jolie.

DORANTE.

Jolie! Ah, dis plutôt que c'est une beauté;
Qu'on ne sçauroit la voir sans en être enchanté;
Qu'elle a l'esprit charmant, qu'elle a la voix divine:
Que...

FRONTIN.

Vous ne l'aimez plus?

DORANTE.

Mais je me l'imagine.

FRONTIN.

Je m'imagine moy que vous en êtes fou.

DORANTE.

Oh! je te prouverai le contraire.

FRONTIN.

Et par où?

DORANTE.

Par mes empressemens auprès de Celimene,
Mon interêt le veut, & j'y souscris sans peine.
Elle m'aime ; je vais luy jurer mille fois
Que ses divins appas m'ont rangé sous ses loix.
Moins je verray mon cœur avoüer ce langage,
Moins je redouterai les nœuds du mariage,
Plus il voudra parler en faveur de mes feux ;
Et plus contre son gré je serrerai ces nœuds.
Enfin tu connoîtras bien-tôt que mon sistême,
Est qu'on n'épouse point les personnes qu'on aime.

FRONTIN.

Allons donc, tout coup vaille, épousons sans amour ;
Mais...

DORANTE.

Tu raisonnerois jusqu'à la fin du jour.
As-tu vû Nerine ?

FRONTIN.

Oüi, je l'ay desabusée.
La chose à dire vray n'estoit pas mal-aisée ;
Elle ne doutoit point que bien-tôt la maman
Ne vous dégoûtât d'elle, & pour moy votre plan
M'a paru...

DORANTE.

Laissons là ta pensée & la sienne ;
A-t-elle sçû calmer Julie & Celimene ?
Et leur a-t-elle dit que je ne voulois plus ?...

FRONTIN.

Elles sont toutes deux instruites là-dessus.

DORANTE.

Allons donc au plutôt....

FRONTIN.

Celimene s'avance.

DORANTE.

Tu vas voir si l'amour emporte la balance.

SCENE II.

CELIMENE, DORANTE, FRONTIN.

CELIMENE *entre en rêvant & sans les voir.*

IL a beaucoup d'esprit & beaucoup de raison.
Avoit-il pû former un pareil projet? Non.
Mais sçachant que ma Mere est facile & credule,
Il la vouloit, je croy, tourner en ridicule.

FRONTIN *à Dorante.*

Elle donne un bon tour à votre beau projet.
Laissons-la dans l'erreur.

DORANTE.

C'est bien dit.

CELIMENE.

En effet
Croiroit-on?... Le voici. Tâchons avec adresse
De sçavoir quel est donc l'objet de sa tendresse.

FRONTIN *à Dorante.*

Elle approche.

DORANTE.

Ah! Frontin.

FRONTIN.

Quoi! qu'avez-vous, Monsieur?

DORANTE *à Frontin.*

Qu'elle est belle!

FRONTIN.

Charmante.

DORANTE.

Elle efface sa sœur.

FRONTIN.

Oüi.

DORANTE.

Je crains qu'à la fin sa beauté ne m'enflâme;

FRONTIN.

Diable, gardez-vous-en. Ce sera votre femme.

DORANTE.

Madame, quel bonheur vous presente à mes yeux?
Mais helas! que je crains de vous être odieux!

CELIMENE.

Non. Il me sieroit mal d'affecter de la haine,
Et vous connoissez trop le cœur de Celimene.
Mes sentimens tantôt ont paru malgré moy.

FRONTIN *à Dorante bas.*

Son cœur est bien malade.

DORANTE.

Oüi, Frontin, je le voy.

CELIMENE.

Mais n'allez pas penser qu'écoutant ma foiblesse,
Je cherche en votre cœur une égale tendresse.
Quoique votre conquête eût dequoy me charmer,
Je vous ai toujours cru peu capable d'aimer;
Ainsi je veux me vaincre, & le soin de ma gloire...

DORANTE.

Peu capable d'aimer! Avez-vous pû le croire?
Quoy donc! peut-on vous voir & ne vous aimer pas?
Vous présumez trop peu de vos divins appas,
Rien ne peut résister à leur éclat suprême:
Il sçauroient attendrir l'indifference même.

FRONTIN.

L'indifference même! Ah morbleu, le beau mot!
Vous mentez quelquefois joliment.

DORANTE.

Tais-toy, sot.

CELIMENE.

En vain vous me flatez d'un pareil avantage,
Ce n'est point votre cœur qui me tient ce langage.

DORANTE.

Vous me faites injure & me connoissez peu.

FRONTIN.

Dès que vous paroissez, mon Maître est tout en feu.
C'est ce qu'il me disoit tout à l'heure.

DORANTE.

Moy, feindre ?
A cet indigne effort qui pourroit me contraindre ?
D'ailleurs quand je voudrois feindre de vous aimer,
Mon cœur à votre aspect se laisseroit charmer,
Et l'éclat de vos yeux que personne ne brave,
D'un Amant supposé sçauroit faire un Esclave.

FRONTIN.

On ne badine point avec votre Beauté.
La peste, il y fait chaud.

CELIMENE.

Dites la verité.
Pourquoy donc osiez-vous proposer à ma mere
De l'épouser ?

DORANTE.

De grace oublions cette affaire,
J'avois quelques raisons pour en user ainsi,
Mais....

FRONTIN.

Traittons le sujet qui nous assemble icy.

DORANTE.

Oüi, Madame, songez que ma plus forte envie
Est de m'unir à vous le reste de ma vie.
Trop heureux, si daignant approuver mon dessein,
Vous consentez, Madame, à me donner la main.
Vous ne répondez rien ! Ah ! rompez ce silence,
Et permettez du moins qu'une douce esperance....

CELIMENE.

Une Mere a sur nous un pouvoir absolu,
Obtenez son aveu, notre hymen est conclu.
Mais je crains que ma Sœur...

DORANTE.

Julie paroît & écoute sans être vûë.

Non, belle Celimene,
Je veux, jusqu'au trépas, vivre dans votre chaîne :
Ce n'est que votre hymen qui peut combler mes vœux;
Et de tous les mortels je suis le plus heureux.
Que je vous trouve en tout, préferable à Julie!
Madame, c'en est fait; pour jamais je l'oublie:
Puisque vous acccceptez & ma main & mon cœur,
Je jure à vos genoux, que jamais votre sœur.....

Il apperçoit Julie.

Juste Ciel!

CELIMENE.

Qu'avez-vous?

FRONTIN.

Achevez donc.

DORANTE.

Je jure... *Il se leve.*
Je ne puis.

FRONTIN.

D'où vous vient?.. Ah! Voici l'encloueure.

SCENE III.

JULIE, CELIMENE, DORANTE, FRONTIN.

JULIE *à Celimene.*

VOus lui faites jurer de ne m'aimer jamais;
Ma sœur; craignez-vous tant l'effet de mes attraits?
Monsieur à vos genoux vous livre la victoire,

S'il

S'il ne fait des sermens, vous n'osez pas le croire.
Ah! vous ne rendez point justice à vos appas.
Qu'est-ce donc? Vous voilà tous deux dans l'embarras!
Vous ne répondez rien! Craignez-vous ma presence?
Du moins honorez-moi de votre confidence.
Quoi! pas un mot? Frontin. Ils se taisent tous trois.

FRONTIN.

Les transports de l'amour nous étouffent la voix.

Julie se met à rire.

CELIMENE *à Julie.*

Ce que vous avez vû vous en doit assez dire,
Pour n'avoir pas besoin de vous en faire instruire:
Mais par votre discours je connois aisément
Que l'aveu qu'on m'a fait vous blesse vivement.
Et par son embarras je remarque de même
Que votre aspect le jette en un desordre extrême.
Je n'examine point d'où cela peut venir,
Et vous pouvez tous deux vous en entretenir.

Elle sort.

SCENE IV.

DORANTE, JULIE, FRONTIN.

JULIE *à Dorante.*

CE que je viens de voir a lieu de me surprendre;
Et dans vos procedez, j'ai peine à vous comprendre.
Ma mere, ce matin, a reçû votre foi:
Tout prêt à l'épouser, vous la quittez pour moi:
Quand j'y pense le moins, j'apprends cette nouvelle;
Je vous dirai bien plus, car je suis naturelle;

J'esperois que bien-tôt je la sçaurois par vous;
Et dans le même instant, je vous trouve aux genoux
De ma sœur, lui jurant....

DORANTE.

Ouy, je suis trop sincere,
Madame, pour vouloir vous en faire un mystere.
J'estime votre sœur, je l'épouse demain,
Si votre mere veut approuver ce dessein.

JULIE.

Ma mere? Vous venez de lui faire une offense
Qui merite plûtôt qu'elle en tire vangeance.

DORANTE.

Je ferai mes efforts pour fléchir son courroux.

JULIE.

Je vous promets aussi de lui parler pour vous.

DORANTE.

Vous parlerez pour moi, vous, Madame?

JULIE.

Moi-même.
D'où vous vient donc, Monsieur, cette surprise extrême?

DORANTE.

Je m'attends bien plûtôt à vous voir tout tenter
Pour rompre mon dessein.

JULIE.

Vous voulez vous flater
Que je ne sçaurois voir qu'avec beaucoup de peine,
Que vous veüilliez, Monsieur, épouser Celimene.
Mais désabusez-vous; Loin de troubler vos feux,
Je m'en vais travailler à vous unir tous deux.

DORANTE.

Quoi! serieusement?

JULIE.

Oui, la chose est constante.

FRONTIN *à Dorante.*

Voilà ce qui s'appelle une fille obligeante.

JULIE.

Dois-je pas à ma sœur ces marques d'amitié ?

DORANTE *à Frontin.*

Peut-on plus durement se voir humilié !
Ah, cruelle !

JULIE.

Comment ?

DORANTE.

Vous me charmez, Madame,
Je sens pour Celimene une si vive flame,
Que si je ne l'obtiens, je mourray de douleur.

JULIE.

Cette mort vous feroit à tous deux grand honneur.
Ah ! que ne puis-je voir une fois en ma vie,
Quelqu'un mourir d'amour ; c'est toute mon envie.
Si vous aimez autant que vous me l'avez dit,
J'auray ce plaisir là, car je connois l'esprit
De ma Mere, & malgré les soins que je vais prendre
Je doute qu'à vos vœux elle puisse se rendre :
Je jurerois que non : Ainsi dès ce moment,
Vous n'avez qu'à songer à votre testament.

FRONTIN *à part.*

Je ne vis de mes jours plus maligne femelle.

SCENE V.

DORANTE, JULIE, NERINE, FRONTIN.

NERINE.

QU'on m'écoute : J'apporte une grande nouvelle.
Depuis une heure entiere, en son particulier
Madame tient conseil avec le Chevalier.

Voici le résultat de leur haute folie.
Pour vous punir, Monsieur, d'avoir aimé Julie,
Et d'avoir témoigné la vouloir épouser,
On a pris le parti de vous la refuser.

JULIE.

On a bien fait.

NERINE.

Comment?

JULIE.

Oüi, j'en suis trés-contente.

NERINE.

Vous m'étonnez. De plus, comme on sçait que Dorante
N'aime point Celimene, on consent de bon cœur
Qu'il l'épouse au plutôt.

JULIE *à Dorante.*

Allez trouver ma sœur.
Qu'elle apprenne par vous ces heureuses nouvelles.

DORANTE.

J'y cours.

FRONTIN.

Allons. L'amour nous prêtera ses aîles.

DORANTE.

Adieu, Madame.

JULIE.

ADieu.

FRONTIN *à part.*

Je crains quelque retour.

DORANTE.

Vous souhaitiez de voir quelqu'un mourir d'amour,
Et tous vos vœux étoient que ce fût moy, Madame.
Un refus, en effet, alloit me percer l'ame.
Sans votre aimable Sœur le jour m'est odieux.
Notre hymen va bien-tôt se conclure à vos yeux,
Qu'un autre par sa mort contente votre envie,
Puisque je suis heureux je dois cherir la vie.

NERINE.

Qu'est-ce donc que ceci ? Depuis quelques moments
Il s'est fait entre vous d'étranges changements ?

FRONTIN.

Oüi, mon cœur, nous allons épouser Celimene,
Et l'arrêt prononcé ne nous fait point de peine.

DORANTE.

Oüi, Nerine, le Ciel exauce tous mes vœux,
Je vais trouver l'objet qui doit me rendre heureux.

A Frontin.

Elle rêve, Frontin.

FRONTIN.

Oüi, je croy qu'elle enrage.

DORANTE.

Voy comme le dépit paroît sur son visage.
Je suis charmé.

FRONTIN.

Morbleu ne songez qu'à sa sœur.

DORANTE.

Oüi, sortons.

NERINE *à Julie.*

Qu'est-ce donc ? vous changez de couleur !
Allez, consolez-vous, vous serez mariée.

JULIE.

Comment ?

NERINE.

Au Chevalier vous êtes destinée.

Dorante revient & écoute.

JULIE.

Juste Ciel!

DORANTE.

Ah, Frontin !

NERINE *à Julie.*

Montrez présentement
Que l'amour n'est pour vous qu'un simple amusement.
C'est ainsi que tantôt vous traitiez cette affaire.

Quoi ! voulez-vous sortir de votre caractere ?

JULIE *d'un ton qui marque son dépit.*

Non, je crains ce reproche, & j'ay pour l'éviter,
L'exemple de Monsieur, dont je veux profiter.
Epousez donc ma Sœur, & moy sans plus attendre ;
Je vais trouver l'Epoux qu'on m'ordonne de prendre.

A Nerine.

Me reconnois-tu là ?

NERINE.

Vous voilà trait pour trait.

DORANTE *la retenant.*

Madame, demeurez.

JULIE.

Non, Monsieur, c'en est fait.

DORANTE.

Pouvez-vous consentir que l'hymen vous unisse
Avec le Chevalier ?

JULIE.

Il faut que j'obéisse.

DORANTE.

Si vous obéissez, ordonnez donc ma mort.
Vous seule vous pouvez me faire un heureux sort.

JULIE.

Vous juriez à ma Sœur...

DORANTE.

Croyez-vous que je l'aime ?
Je la trompois, Madame, & me trompois moy-même.

NERINE *à Dorante.*

Je m'en vais l'informer de votre changement.

JULIE *voulant retenir Nerine.*

Nerine.

NERINE.

Ne songez qu'au raccommodement.
Le dessein qu'il a pris d'épouser Celimene,
Ne peut s'exécuter, & j'en suis bien certaine ;

A Julie.

L'hymen du Chevalier vous plairoit encor moins ;
A vous cacher vos feux vous mettez tous vos soins.
Mais vos yeux, vos discours, tout parle de tendresse ;
Ce sont-là les retours de l'humaine foiblesse.
Allons, tenez-vous-en à votre premier choix ;
L'amour veut que l'hymen vous range sous ses loix.

JULIE.

Qui pourra me répondre...

DORANTE.

Ah ! divine Julie,
Je veux vous adorer le reste de ma vie.

Nerine sort.

SCENE VI.

DORANTE, JULIE, LE CHEVALIER, FRONTIN.

LE CHEVALIER *à Dorante.*

Je te cherchois.

DORANTE.

Pourquoy ?

LE CHEVALIER.

Pour te voir enrager.
Le parti qu'on a pris doit beaucoup t'affliger,
Tu filois le parfait avec cette charmante ;
On te donne sa Sœur ; la chose est assommante,
D'autant plus que ce soir j'épouse cet enfant.

FRONTIN.

Monsieur le Chevalier a l'air bien triomphant.

LE CHEVALIER.

L'amoureuse Maman est fort vindicative,
Et plus elle t'aimoit, plus sa colere est vive.

JULIE.

Elle peut se vanger par un autre moyen ;
Mais moy, vous épouser ? Ah, je n'en ferai rien.

LE CHEVALIER.

Vous n'en ferez rien ? Vous ? Oh palsembleu, Madame,
Je vous garantis, moy, que vous serez ma femme ;
Malgré vous, malgré luy vous nous obéïrez,
Et je réponds de plus, que vous m'adorerez.

DORANTE.

Chevalier.

LE CHEVALIER.

Quoy ?

DORANTE.

Sçais-tu que la plaisanterie
Convient ici fort mal ? Tréve de raillerie.

JULIE.

Croyez-moy, Chevalier, vous vous flatez en vain
De posseder bien-tôt & mon cœur & ma main.
Je ne vous aime point, & contre votre attente
Je vais me declarer en faveur de Dorante.

LE CHEVALIER.

Ceci merite bien quelque reflexion :
En conscience, là, parlez-vous tout de bon ?

JULIE.

Oüi, vrayment.

LE CHEVALIER.

Je me pique aussi d'être sincere ;
Si vous ne m'aimez point je ne vous aime guere ;
Dorante est mon ami, vous vous charmez tous deux ;
J'aurois tort sans amour d'aller troubler vos feux,
Et d'ailleurs votre Sœur, vous, ou la bonne femme ;
Tout m'est bon.

SCENE VII.

Me. ARGANTE, DORANTE, JULIE, LE CHEVALIER, NERINE, FRONTIN.

Me. ARGANTE *dit du côté d'où elle entre.*

OUi, Dorante est pour vous.

NERINE.

Mais, Madame..

Me. ARGANTE.

Non, non, ma volonté doit luy servir de loy.
Pourquoi le refuser, je le prendrois bien moy.
Mais rien, je l'apperçois, que je le trouve aimable!

DORANTE *à Me. Argante.*

Madame, vous voyez la douleur qui m'accable.
Ne pourrai-je fléchir votre injuste courroux?
Et voulez-vous me voir mourir à vos genoux?

Me. ARGANTE.

Ah petit scelerat!

DORANTE.

Si l'on commet un crime.
Lorsque l'on n'a pour vous qu'une parfaite estime;
J'avouë en rougissant, que je suis criminel.

NERINE.

L'aveu n'est pas touchant, mais il est naturel.

Me. ARGANTE.

Tenez, quoiqu'il m'ait dit une sottise en face,
Il met dans ses discours tant de feu, tant de grace,
Que le dépit ne peut contre luy m'animer.

Hélas, mon cher enfant, si tu pouvois m'aimer!
Là, consulte-toy bien.

DORANTE.

Cela n'est pas possible,
Madame, si par choix on devenoit sensible
J'ose vous protester que vous auriez mon cœur:
Mais je sens pour Julie une si vive ardeur...

Me. ARGANTE *à Julie.*

Coquine.

DORANTE.

Accordez-moy l'adorable Julie,
Ou bien-tôt vos refus vont terminer ma vie:
Car enfin je ne puis...

Me. ARGANTE.

Petit tygre, pourquoy
Tout ce que tu dis-là, n'est-il pas dit pour moi?

JULIE.

Madame, permettez...

Me. ARGANTE.

Taisez-vous, impudente.
Attendez-vous vrayment qu'on vous donne à Dorante?

NERINE.

Oüi, c'est pour votre nés.

Me. ARGANTE.

Songez au Chevalier.

LE CHEVALIER.

Tout beau, je n'en veux plus.

Me. ARGANTE.

Que vous êtes grossier!
Et pourquoy, s'il vous plaît, ne voulez-vous plus d'elle?

LE CHEVALIER.

C'est que j'en veux à vous, je vous trouve plus belle.

Me. ARGANTE.

Monsieur le Chevalier dans sa vivacité
A quelquefois des traits dont on est enchanté.

LE CHEVALIER.

On me l'a toujours dit.

Me. ARGANTE.

Mais montrez-vous plus sage ;
Je prétens vous donner Julie en mariage,
La noce se fera même dés aujourd'huy,
Et vous me vangerez de ma fille & de luy.

JULIE.

J'aimerois mieux mourir...

Me. ARGANTE.

Vous avez l'insolence...

DORANTE.

Eh bien, Madame, il faut hâter votre vengeance,
Je renonce à Julie, aussi bien qu'à sa Sœur,
Et vais en d'autres lieux emporter ma douleur.

LE CHEVALIER *veut le retenir.*

Dorante,

DORANTE.

Laisse-moy : la fureur me transporte.

LE CHEVALIER.

Morbleu tu reviendras, ou le diable m'emporte.

DORANTE *à Me. Argante.*

Adieu, Madame, adieu, vous ne me verrez plus.

LE CHEVALIER.

Je ne te quitte point.

DORANTE.

Tes soins sont superflus.

SCENE VIII.

Me. ARGANTE, JULIE, NERINE.

Me. ARGANTE *à Julie.*

C'Est vous qui me causez un affront si sensible ;
Otez-vous de mes yeux.

Julie sort.

SCENE IX.

Me. ARGANTE, NERINE.

Me. ARGANTE.

Est-il donc bien possible
Que je ne verrai plus Dorante ?

NERINE.

En doutez-vous ?
Il s'en va transporté d'un violent couroux.
Mais, Madame, aprés tout, pouvez-vous bien prétendre
Qu'il puisse avoir pour vous un cœur facile & tendre ?
Là, rendez-vous justice, avez-vous dû penser
Qu'entre Julie & vous il pourroit balancer ?
Ou s'il a balancé, vous flatiez-vous, Madame,
Qu'il voulût en effet vous choisir pour sa femme ?

Me. ARGANTE.

C'est donc pour me joüer & me desesperer
Que d'un pareil projet il venoit me leurrer?

NERINE.

Non, c'est de bonne foy qu'il vous a dit la chose.
Mais execute-t-il tout ce qu'il se propose?
Par exemple, il est sûr, & je le sçay par luy,
Qu'il vouloit épouser Celimene aujourd'huy.

Me. ARGANTE.

Celimene?

NERINE.

Oüi vrayment

Me. ARGANTE.

Par quelle fantaisie
Veut-il donc la quitter pour épouser Julie?

NERINE.

Par la même raison qui fait qu'en un moment
Il a sur votre hymen changé de sentiment.
Il adore Julie, & fait tout son possible
Pour braver les appas qui le rendent sensible.
Il veut rompre ses fers, il promene son cœur,
Il s'engage, il promet, mais un charme vainqueur
Fait qu'au moment qu'il croit triompher de luy-même,
Il sent que Julie est l'unique objet qu'il aime.

Me. ARGANTE.

La friponne! elle eût dû suivant mon sentiment,
Se tenir renfermée en son appertement,
Y lire, y travailler, non se montrer sans cesse
Poür venir m'effacer par son air de jeunesse.

NERINE.

Oüi, cet air est à craindre.

Me. ARGANTE.

Oh sans cela, je croy
Qu'elle ne seroit pas plus piquante que moy.

NERINE.

Mais voulez-vous manquer un fort bon mariage,

Par un entêtement ridicule à votre âge ?

Me ARGANTE.

Je ne puis digerer l'affront qu'elle me fait.

NERINE.

Votre ressentiment peut estre satisfait.

Me. ARGANTE.

Comment ?

NERINE.

En permettant qu'elle épouse Dorante.
C'est un homme quinteux, dont l'humeur inconstante,
Incommode, bizarre, aura dans peu de jours
Détruit leur union par de fâcheux retours.
D'ailleurs il est sujet à trop de jalousie,
Pour vivre bien long-tems tranquile avec Julie.
Enfin, si vous voulez avoir un jeune Epoux,
Le Chevalier, Madame, est plus propre pour vous :
Son humeur me paroît très-conforme à la vôtre ;
Et vous devez, ma foi, le preferer à l'autre :
A l'âge près, pourtant, qui ne me paroît pas....

Me. ARGANTE.

Va, Nerine, croi moi, quand on a mes appas,
On peut bien à tout âge épouser un jeune homme.

NERINE.

Et d'ailleurs par l'appast d'une assez grosse somme,
Vous pourez l'obliger à des ménagemens....

Me. ARGANTE.

Je commence à goûter un peu tes sentimens.
Va-t'en trouver Dorante, & dis-lui qu'il espere ;
Moi, je vais cependant rêver à cette affaire,
Et voir si je pourrai me resoudre à la fin....

Nerine sort.

SCENE X.

Me. ARGANTE. PYRANTE.

PYRANTE.

JE viens de voir mon fils dans un mortel chagrin.
Voulez-vous empêcher un hymen si sortable,
Et ne prendrez-vous point un parti raisonnable ?
Son humeur & la vôtre ont si peu de rapport,
Que si vous l'épousiez, je plaindrois votre sort.
Songez-y bien, Madame, & souffrez qu'on vous dise....

Me. ARGANTE.

Doucement. Vous m'allez lâcher quelque sottise.
Car je vous voi venir, mais tous ces discours-là
Ne me conviennent plus.

PYRANTE.

Pour finir tout cela
Consentez que mon fils épouse ce qu'il aime,
Et songez qu'à votre âge....

Me. ARGANTE.

A votre âge vous-même.
Ne le voilà-t'il pas sur mon âge aussi-tôt ?
Je fais ce que je veux, je sçai ce qu'il me faut ;
J'ai fait reflexion sur ce que je dois faire,
Et j'ai plus de raison que vous, ni votre pere,
Ni que tous vos ayeux.

PYRANTE.

Oh, je n'en doute point.

Me ARGANTE.

Et vous faites fort bien,

PYRANTE.

Mais revenons au point
Qui m'amene vers vous.

Me. ARGANTE.

Donnez-vous patience ;
L'affaire, ce me semble, est assez d'importance,
Pour meriter, Monsieur que j'y pense deux fois,
Et l'on attendra bien ma réponse, je crois.

SCENE XI.

Me. ARGANTE, PYRANTE, LYSIMON.

LYSIMON.

AH! vous voilà, Monsieur. Bonjour, Madame Argante.
Vraiment je viens d'apprendre une chose plaisante.
Vous mariez mon fils sans que j'en sçache rien.
Je viens vous dire, moi, qu'il a trop peu de bien
Pour qu'il puisse épouser Julie ou Celimene,
Et que.....

Me ARGANTE.

Sur ce sujet ne soyez point en peine,
Si mes filles n'ont pas assez de bien pour lui
Peut-être pourra-t'on se resoudre aujourd'hui,
A faire en sa faveur un si bon mariage,
Que vous le trouverez fort à son avantage.

LYSIMON.

Et quelle est la personne à qui vous prétendez?...

Me ARGANTE.

Faut-il vous le dire ?

LYSIMON.

LYSIMON.

Oüi.

Me. ARGANTE.

Mon Dieu, vous m'entendez.

LYSIMON.

Point.

Me. ARGANTE

S'il n'épouse pas Celimene ou Julie,
Vous ne devinez pas à qui je le marie?

LYSIMON.

En aucune façon.

Me ARGANTE.

Mais regardez-moi bien.

LYSIMON.

Eh bien, je vous regarde & ne devine rien.
Je suis las à la fin de tout ce badinage;
Et si...

Me. ARGANTE.

Vous n'en sçaurez pourtant pas davantage,
Et lorsque j'aurai pris mes resolutions,
Je vous informerai de mes intentions.
Adieu, Messieurs, Adieu, je suis votre servante.

SCENE XII.

PYRANTE, LYSIMON.

LYSIMON.

JE ne comprens plus rien à cette extravagante.

PYRANTE.

Je m'en vais la rejoindre, & tâcher de sçavoir

Quels sont donc ses desseins. Je croi les entrevoir.
Mais si vous voulez croire un homme qui vous aime,
Tâchez en tout ceci de prendre sur vous-même,
Et suivez...

LYSIMON.

Oh Monsieur, gouvernez votre fils;
Je sçai que vous aimez à donner des avis;
Et moi, comme il me plaît, je prétens me conduire.
C'est-là ma folie.

PYRANTE.

Ouy! Je n'ai rien à vous dire;
Bien-tôt par les effets nous pourrons voir, je croi,
Qui se gouverne mieux, ou de vous, ou de moi.

Fin du quatrième Acte.

ACTE V.

SCENE PREMIERE.

CELIMENE, NERINE.

NERINE.

OUI, j'ai si bien parlé qu'enfin Madame Argante
A quitté le dessein de s'unir à Dorante,
Et par un effort triste & pour elle & pour vous,
Consent que de Julie il devienne l'Epoux.
Le bon homme Pyrante est instruit de l'affaire,
La chose est resoluë, & j'ai vû le Notaire.

CELIMENE.

Il épouse ma sœur ! Eh qui l'eût cru, dis-moi,
Après qu'il m'a donné sa parole & sa foi ?

NERINE.

L'avanture est cruelle, & franchement j'admire....

CELIMENE.

Plus cruelle cent fois, que je ne le puis dire.
Car enfin (Je te parle à present sans détour).
L'amour propre est blessé tout autant que l'amour.
Dorante m'étoit cher, sa perte m'est sensible ;
Mais de m'en consoler il me seroit possible,

S'il ne me falloit point pour surcroît de malheur
De mes foibles attraits voir triompher ma sœur.
C'est-là ce qui me tuë.

NERINE.

Ah bon, je suis ravie
Que vous soyez sensible une fois en la vie.

CELIMENE.

Je creve de dépit.

NERINE.

Et vous n'avez pas tort.
Jurez deux ou trois fois, cela soulage fort,
Dit-on.

CELIMENE.

Pour un moment fais trève au badinage.
Dis-moi par où ma sœur emporte l'avantage?
Quoi donc! pour m'effacer a-t'elle tant d'appas?

NERINE.

Non. Elle a l'air coquet & vous ne l'avez pas.
La beauté bien souvent plaît moins que les manieres,
Les belles autrefois estoient prudes & fieres,
Et ne pouvoient charmer nos severes ayeux,
Qu'en affectant un air modeste & vertueux.
Mais dans ce siecle-ci, c'est une autre methode,
Tout ce qui paroît libre est le plus à la mode.
Une belle à present par des regards flateurs,
Tendres, insinuans, va relancer les cœurs,
Et moins elle paroît digne d'être estimée,
Et plus elle joüit du plaisir d'être aimée.
On veut se voir heureux dés qu'on est engagé,
Et l'on traite à present l'amour en abregé,
Si bien qu'une beauté qui suit cette methode,
Est comme un bel habit qui n'est plus à la mode.

CELIMENE.

Tu me fais concevoir ce qui fait mon malheur.
Mais j'ai tout employé pour cacher ma douleur,
Et j'ai même voulu paroître indifferente,
Jusques-à refuser de m'unir à Dorante.

Cela ne suffit pas pour me vanger de lui,
Et je veux hautement le braver aujourd'hui.

NERINE.

Comment?

CELIMENE.

Pour lui marquer que mon cœur le méprise,
Je viens de projetter une grande entreprise.

NERINE.

C'est...

CELIMENE.

De me marier au plûtôt.

NERINE.

Tout de bon?

CELIMENE.

Dés ce soir s'il se peut. J'ai plus d'une raison...

NERINE.

Vous marier si-tôt? C'est le dépit peut-être..

CELIMENE.

Non, non; c'est le moyen de lui faire connoître....

NERINE.

La vangeance est complette, & ce noble dépit
Vous donne une maniere, un certain tour d'esprit
Qui vous sied mieux vingt fois que l'air de pruderie,
La peste que l'amour vous a bien dégourdie!
Et quel est, s'il vous plaît, le mortel fortuné
Que pour ce prompt hymen vous avez destiné?

CELIMENE.

Le Chevalier.

NERINE.

Il doit épouser votre mere.

CELIMENE.

J'empêcherai par là qu'il ne soit mon beau-pere.

NERINE.

Et vous vous resoudrez d'en faire votre Epoux.
Pauvre petit mouton! j'y pensois comme vous.

CELIMENE.

D'une telle union je voi la consequence.

NERINE.

Votre mere en effet plaindroit peu la dépense.
Toute vieille qui prend un mari de vingt ans,
N'en peut rien obtenir qu'à beaux deniers comptans.
Avide des plaisirs que le fripon ménage,
Pour luy plaire elle met tout son bien au pillage,
Le drôle fait sa bourse, & vend cher ses faveurs,
Tant qu'il ait ruiné la vieille & ses mineurs.

CELIMENE.

Prévenons ce malheur.

NERINE.

C'est ce que je veux faire.
Je m'en vais travailler à rompre cette affaire.

CELIMENE.

Tant mieux. Mais en ceci tout ce qui me fait peur,
C'est que le Chevalier n'a point touché mon cœur.

NERINE.

Quoy! vous avez encore la sottise à votre âge,
De croire que l'amour doit faire un mariage?
A quoy sert cette ardeur? Aprés quelques beaux jours,
Le mariage éteint les plus vives amours;
Oüi; l'on a le chagrin de sentir d'heure en heure
Que le feu diminuë, & que l'ennuy demeure.
Un hymen par raison doit toujours se former,
Et quand on est ensemble, on travaille à s'aimer.

CELIMENE.

Tu dis vrai. Par l'amour je suis si maltraitée,
Que de ses faux plaisirs me voilà rebutée.

NERINE.

Chut. Votre Mere vient. Sortez.

SCENE II.

Me. ARGANTE, LE CHEVALIER, NERINE.

LE CHEVALIER.

OH ça, Maman;
Je ne vous parle point en Heros de roman.
Je vais droit au solide, & c'est-là ma folie;
Avant que d'en venir à la ceremonie
Il faut me bien traiter dans les conditions.

Me. ARGANTE.

Mon Dieu, défaites-vous de vos expressions.
Ce terme de Maman ne peut jamais me plaire.

LE CHEVALIER.

Il vaut donc mieux tout franc vous appeller ma mere.

Me. ARGANTE.

Ah! je ne suis point d'âge à souffrir ces noms-là.

NERINE.

On vous croiroit son Fils.

Me. ARGANTE.

Non, ce n'est point cela,
Mais enfin je suis jeune & l'injustice est grande....

LE CHEVALIER *à part.*

Oh si j'en croyois rien je veux bien qu'on me pende,

NERINE *à Me. Argante, bas.*

En vain vous vous piquez de jeunesse & d'appas,
Je vous avois bien dit qu'on ne vous croiroit pas,

Me, ARGANTE.

Laissons mon âge à part. Vous êtes galant homme,

Parlons net, m'aimez-vous ?

NERINE *à part.*

Oh, oüi, selon la somme.

Me. ARGANTE.

Comment ?

LE CHEVALIER.

Assurez-moy de fort beaux revenus,
Vous serez à mes yeux plus belle que Venus.

Me. ARGANTE.

Il n'est pas tems encor de traiter cette affaire.

LE CHEVALIER.

Le bon homme Pyrante est avec le Notaire,
Et le Contrat dressé nous pourrons bien, je croy,
En dresser un de même & pour vous & pour moy.

Me. ARGANTE.

Il est vray, mais je veux.

LE CHEVALIER.

Voyez-vous cette mine,
Cette bouche, ces yeux, cette taille si fine;
Là, parlez franchement, que vous en dit le cœur?
Cela ne vaut-il pas vos billets au porteur?
Je vous aime déja, mais muni de ce gage,
Je vous en aimerai mille fois davantage.

NERINE.

Sur cet article-là vous êtes trop pressant.

Me. ARGANTE.

Je ne veux pas ainsi vous donner mon argent.

NERINE.

Et vous faites fort bien.

LE CHEVALIER.

Que me voulez-vous dire ?

NERINE.

Vous ne l'entendez pas ?

LE CHEVALIER.

Non.

NERINE.

Je vais vous instruire.

Madame

Madame est trés-modeste & convient entre nous
Qu'elle a, si vous voulez, quelques ans plus que vous.
Elle remarque encor, non sans beaucoup d'allarmes,
Que sa mûre beauté cede à de jeunes charmes.

Me. ARGANTE.

Je ne dis pas cela.

NERINE.

Ne nous aveuglons point.
Mais Madame se sent encor jeune en ce point
Qu'il luy faut un mari qui pour elle s'empresse
Comme s'il l'épousoit dans sa tendre jeunesse.
Vous m'entendez ?

LE CHEVALIER.

Fort bien.

NERINE.

Or on voit trés-souvent
Qu'une veuve qui prend une tête à l'évent,
Un jeune écervelé.. comme vous par exemple,
Et qui luy fait le don d'une somme fort ample,
Ne se reservant rien qui puisse l'amorcer,
N'en a que des froideurs pour la recompenser.
Bien-tôt elle le voit fier, brutal & volage,
Joindre à ce traitement le mépris & l'outrage,
Des deniers de la Dame acheter des faveurs,
Et ce qu'il doit chez luy, le prodiguer ailleurs.
C'est ce que nous craignons. Pour la paix du ménage,
Nous voulons de nos biens faire un prudent usage,
Or rien n'est plus prudent que de les reserver,
Pour vous en faire part, ou bien vous en priver;
Et pour vos interêts ainsi que pour les nôtres,
Nous prétendons regler nos bienfaits, sur les vôtres.

LE CHEVALIER.

Oüi. C'est donc là l'extrait de vos intentions ?
On prétend me réduire à des conditions ?
Je pourrois, si bien fait, à la fleur de mon âge,
But à but avec vous conclure un mariage ?
En vain donc la nature eût soin de me former,

Pour charmer tous les cœurs plutôt que pour aimer ;
De tous ces rares dons suis-je dépositaire
Pour ne les employer qu'à tâcher de vous plaire?

Me. ARGANTE,

Il faut sans contester aprouver mes desseins.

LE CHEVALIER *luy faisant la reverence.*

Ménagere Maman, je vous baise les mains.

SCENE III.

Me. ARGANTE, NERINE.

Me. ARGANTE.

EH bien, Nerine, eh bien, tu vois comme on me traite.

NERINE.

Je le vois, & de plus, j'en suis trés-satisfaite.
Oüi, si j'atteins jamais l'âge de cinquante ans,
Et qu'on me voye encor chercher des soupirans,
Et si de la raison je perds assez l'usage
Pour vouloir acheter & prendre en mariage
Quelque godelureau faisant le beau garçon?
Qu'on me traite de folle & de vieille guenon,
Puisse alors quelque infâme & malin Vau-de-ville,
Faire chanter mon nom aux badauts de la Ville :
Pour me recompenser, puisse mon jeune Epoux
Dissiper tout mon bien & m'assommer de coups ;
Et si ce n'est assez de ce rude supplice
Dont je serai punie avec trop de justice,
Puisse-t-il pour combler toutes ses cruautez,
Me sevrer des plaisirs que j'avois achetez.

Me. ARGANTE.

Ouy d'un jeune mary me voilà rebutée ;

Je vois à quel excès j'en serois maltraitée.
Pour agir à present selon mes interêts,
Je vais en choisir un de mon âge, à peu près.

NERINE.

Bon, c'est vouloir encor faire une autre sottise.
Un mari de votre âge est pietre marchandise.
Qu'attendez-vous de luy? des contes du vieux tems?
Ma foy m'en croirez-vous? mariez vos enfans,
C'est-là le plus beau soin qui convienne à votre âge:
Ensuite joüissez des douceurs du veuvage.
Helas! combien je vois de Femmes & d'Epoux
Qui voudroient bien troquer leur état avec vous.

Me. ARGANTE.

Tu dis vray: J'allois faire une insigne folie.
Eh bien marions donc Celimene & Julie.
Mais, tien, je me connois, j'auray le cœur meurtri,
De les voir toutes deux dans les bras d'un mari
Tandis qu'il me faudra quoique tendre & sensible,
Supporter les ennuis d'un veuvage penible.

NERINE.

Eh bien, si le veuvage est un tourment pour vous,
Vous pouvez à loisir vous donner un Epoux.
Point de jeunes Blondins, ils sont toujours volages,
Il vous faut un mari qui soit entre deux âges,
Et qui se soit défait, plus mûri par le temps,
De la présomption qu'on voit aux jeunes gens.

Me. ARGANTE.

Entre deux âges, ouy, c'est bien là mon affaire.
Et quel âge est-ce-là? dis-moy?

NERINE.

Mais ce sont d'ordinaire,....

Me. ARGANTE.

Des hommes de trente ans?

NERINE

Vous êtes en défaut.
Les hommes ne sont pas raisonnables si-tôt.
Il faut que le futur en ait au moins quarante.

Encor c'est bien risquer.

Me. ARGANTE.

Mais ...

NERINE.

J'en serois contente

Moy qui parle ; en un mot je crois que mes avis ...

Me. ARGANTE.

Ils seront, je t'assure, exactement suivis.

NERINE.

Mais il faut marier Julie & Celimene ;
Sans cela, croyez-moy, votre esperance est vaine,
Vos charmes sont ternis par leurs jeunes attraits,
Ils portent malgré vous d'inévitables traits,
Et tous vos pretendans agacez par ces belles,
Vous abandonneront pour courir aprés elles ;
Mais dés que du logis vous les éloignerez ;
Dame c'est pour le coup que vous triompherez.

Me. ARGANTE.

Tu dis vrai, me voilà défaite de Julie,
Ou du moins peu s'en faut. Mais à qui, je te prie,
Donnerons-nous sa Sœur ?

NERINE.

A votre Chevalier.
Son Frere est languissant ; s'il devient heritier,
Et qu'il se trouve un jour le chef de sa famille
Vous aurez richement marié votre Fille.

Me. ARGANTE.

Ce cas peut arriver, mais qu'il arrive ou non ;
Il nous faut profiter de cette occasion ;
De mes Filles enfin je prétends me défaire,
Et je vais de ce pas rejoindre mon Notaire,
Je veux sur ce sujet un peu le consulter.

SCENE IV.

NERINE *seule.*

LE Notaire est gagné. Tout va s'exécuter
Sur le plan que j'ai fait, & malgré les obstacles....

SCENE V.

NERINE, FRONTIN.

NERINE.

TE voilà ?

FRONTIN.

J'courois.

NERINE.

Ouy.

FRONTIN.

Tu fais des miracles.

NERINE.

Et Dorante?

FRONTIN.

Pour luy je crois qu'il ne fait rien,
Il s'occupe à rêver tout au plus.

NERINE.

Ah! fort bien.
Et ne devroit-il pas ?...

FRONTIN.

Il revient de la Ville.

NERINE.

Depuis qu'on est d'accord il paroît bien tranquille.

FRONTIN.

Oh, trés-fort. Il m'a dit quatre mots seulement,
Puis il s'est renfermé dans son appartement.

NERINE.

Quoy! ne devroit-il pas, aux pieds de sa Maîtresse,
Par des transports de joye exprimant sa tendresse,
Marquer que leur hymen dont il fait son bonheur,
Va fixer pour jamais son esprit & son cœur?

FRONTIN.

Oh! les choses vrayment ont bien changé de face.
Le feu qui le brûloit n'est à present que glace,
Il craint le mariage & n'en veut plus tâter.

NERINE.

Ah! que m'apprens-tu là? qui peut l'en dégoûter?

FRONTIN.

Julie.

NERINE.

Et de quel crime est-elle donc coupable?

FRONTIN.

Elle a tort.

NERINE.

Elle a tort?

FRONTIN.

Ouy. D'être trop aimable.
Son esprit, son humeur égalent ses appas,
Elle enchante, & tout franc, cela ne se fait pas.

NERINE.

Bon, bon.

FRONTIN.

Ce que je dis paroît peu vrai-semblable,
Cependant, mon enfant, rien n'est plus veritable.
Les charmes de Julie ont enflâmé nos cœurs,
Les charmes de Julie éteignent nos ardeurs;

Nous pensons à present qu'un Epouse si belle
Est fort imperieuse, & rarement fidelle,
Et comme sur l'honneur nous ne badinons point,
Nous craignons de nous voir quelque jour, un Ajoint.

NERINE.

Un Ajoint? qu'est cela?

FRONTIN.

Ce mot n'est pas moderne;
Un Ajoint c'est, ma chère, un mari subalterne,
C'est un Vice-gerent, un Blondin favori,
Qui prend en tapinois la place du Mari.

NERINE.

Eh fi, craint-on cela, quand on aime une Fille?

FRONTIN.

Peste! Il dit que chés luy c'est un mal de Famille.

NERINE.

Le bon homme Pyrante est donc bien affligé?

FRONTIN.

Il ne sçait point encor que son Fils a changé:
Plein de joye il travaille avec votre Notaire,
Quand son Fils se prépare à rompre cette affaire;
Mais puisqu'il se dédit c'est à luy de parler;
S'il broüille la fusée, il peut la démêler.

NERINE.

A ton exemple aussi je m'en vais sans rien dire,
Attendre le succès que ceci peut produire.

SCENE VI.

FRONTIN *seul.*

DOrante me surprend, car ordinairement
Ses résolutions ne durent qu'un moment,
Mais depuis plus d'une heure il tient avec courage
La résolution de fuïr le mariage.

SCENE VII.

PYRANTE, LYSIMON, FRONTIN.

PYRANTE.

MAis écoutez-moy donc.

LYSIMON.

Vous me parlez en vain.

PYRANTE.

Croyez-moy.

LYSIMON.

Rien ne peut empêcher mon dessein;
Toujours désobéïr! toujours me contredire!
L'impudent! il osoit sans même m'en instruire,
Epouser une folle à cinquante ans passez!

PYRANTE.

Mais il n'y pense plus, & ...

LYSIMON.

Ce n'est pas assez.
Je prétends le punir d'une telle insolence,
Et le faire enfermer.

PYRANTE.

Bon, bon, quelle apparence
Qu'après...

LYSIMON.

J'ay sur cela voulu le quereller;
Sçavez-vous de quel ton il vient de me parler?

PYRANTE.

Son peu d'égard pour vous avec raison vous blesse,
Mais qui produit cela? c'est le peu de tendresse
Que vous luy témoignez en chaque occasion.
Vous ne luy faites voir que de la passion,
A vos corrections l'emportement préside,
Et vous ne montrez point que la raison vous guide,
Or c'est la raison seule & non l'emportement
Qui tire les enfans de leur égarement.

LYSIMON.

Pour les speculatifs ce discours fait merveilles,
Il enchante d'abord l'esprit & les oreilles,
Veut-on le pratiquer? on voit incontinent
Que ce discours si sage est fort impertinent.

PYRANTE.

Point du tout, & mon Fils me prouve le contraire.

LYSIMON.

Eh morbleu, vous cherchez en tout à luy complaire;
Mais s'il aimoit Julie à present malgré vous;
Que voulant l'épouser il vous mît en courroux,
Pourriez-vous vous flater, pere prudent & sage,
De le forcer à rompre un pareil mariage?

PYRANTE.

Je n'ay qu'à dire un mot, il y renoncera.

LYSIMON.

Vous vous moquez de moy.

PYRANTE.

Non, quand il vous plaira
Je feindrai devant vous que je veux qu'il renonce
A l'hymen de Julie.

LYSIMON.

Eh bien, si sa réponse

Est qu'il obéira, j'ose vous protester
Que je veux désormais en tout vous imiter.
Aux désirs de mon Fils je souscrirai sans peine.

PYRANTE.

Il faudra donc luy faire épouser Celimene;
Clitandre votre aîné n'a point encor d'enfans;
Il est toujours malade...

LYSIMON.

Il n'est pas encor tems...

PYRANTE.

Pour remettre un ami dans la meilleure voye,
Je veux bien de mon Fils suspendre un peu la joye.
Il vient, toy ne dis mot.

FRONTIN *à part.*

Plaisant évenement!
Son Fils n'obéira que trop facilement.

SCENE VIII.

PYRANTE, LYSIMON, DORANTE, FRONTIN.

DORANTE *à son pere.*

Je vous cherchois, Monsieur, pour vous prier d'entendre...

PYRANTE.

Ecoutez-moy plutôt, je m'en vais vous surprendre.
Vous m'avez vû, mon Fils, jusques à ce moment
Donner à vos desirs un plein consentement;
Pourrez-vous me marquer votre reconnoissance
De toutes mes bontés, & de ma complaisance?
Le prix que j'en demande, est que sans balancer,
A l'hymen projetté vous vüilliez renoncer.

J'ai mes raisons pour rompre avec Me. Aragante.
Ainsi preparez vous à remplir mon attente.

LYSIMON *à Pyrante.*

Bon, il n'en fera rien.

PYRANTE.

Patience, attendez.

DORANTE.

Je dois executer ce que vous commandez,
Et j'ai de mon bonheur une marque certaine,
Pouvant sur ce sujet vous obéir sans peine.

PYRANTE.

Mais il faut dès ce jour quitter cette Maison.

DORANTE.

Dés ce jour ?

PYRANTE.

Ouy vrayment, & pour bonne raison.

DORANTE.

Vous pourriez differer.. mais enfin il n'importe,
Vous avez vos raisons pour presser de la sorte,
Et ce qui vous convient est ma suprême joy.

PYRANTE.

Eh bien, qu'en dites-vous?

LYSIMON.

Je suis tout hors de moi;
Votre systême est bon, j'en voy tout le merite,
Et je veux desormais réformer ma conduite;
Je vais trouver mon fils, mais daignez un moment
M'aider de vos conseils dans ce commencement.
Venez.

PYRANTE *à Dorante.*

Très-volontiers. Je reviens tout à l'heure.

LYSIMON.

Ne perdons point de temps.

PYRANTE.

Je vous suy.

A Frontin.

Toi demeure

Pour le desabuser sur l'ordre...

FRONTIN.

Oui, Monsieur.

à part.

Je veux quelques instans le laisser dans l'erreur.

SCENE IX.

DORANTE, FRONTIN.

FRONTIN.

Enfin, vous voilà libre, & selon votre envie
Votre pere consent que vous quittiez Julie.
Vous allez vous en voir éloigné pour jamais.
Voyez quelle bonté! prévenir vos souhaits!

DORANTE *se promenant à grands pas.*

Tais toi. Dés ce jour même il veut qu'on se separe!
Cet empressement-là me semble assez bizarre.
Il m'a parlé d'ailleurs avec une hauteur...
Quoi! si de cet himen je faisois mon bonheur,
Il exigeroit donc un entier sacrifice
Des plus tendres desirs..? Ah! c'est une injustice.
N'est-il pas vrai, Frontin, & j'attendois de lui...
A-t'il dit qu'il falloit la quitter aujourd'hui?
Réponds.

FRONTIN.

Vous m'avez dit de garder le silence;
Je suis dans le respect & dans l'obéissance.

DORANTE.

Sçais-tu que je suis las de tes mauvais discours?

Il s'arrête tout court.

Ne pouvoit-il pas bien attendre quelques jours?

Parle donc ? ... Non tais toi.

Il se jette dans un fauteüil.

Rappellons nos idées.
Cet ordre dans le fond s'accorde à mes pensées ;
Je crains le mariage, & mon pere a raison ...

En se levant brusquement.

Mais quoi ! dès aujourd'hui quitter cette Maison ?
Frontin.

FRONTIN.

Déliberez s'il faut que je réponde,
Car je suis discret, moi.

DORANTE.

Que le Ciel te confonde ;

Il rêve.

Va-t'en trouver Julie.

FRONTIN.

Ouy.

DORANTE.

Non, demeure en ce lieu :

FRONTIN.

Soit.

DORANTE

Je m'en vais lui dire un éternel adieu ...
Ah ! jamais ma douleur ne pourra le permettre ...
Approche cette table. Il faut par une lettre,
L'informer que mon pere est cruel jusqu'au point
D'exiger ...

FRONTIN.

Pour le coup je ne me tairai point :
Car ne vouliez-vous pas rompre ce mariage ?

DORANTE.

Il est vrai, mais enfin je pouvois...

Il écrit.

FRONTIN *à part.*

Il enrage.
Ah ! que vois-je, Monsieur ? vous vous attendrissez.

Ce papier est trempé des pleurs que vous versez!

DORANTE *après avoir écrit.*

Porte-lui ce billet, & fais-lui bien entendre
Que mon Pere.... Attens donc. Avant que de le rendre
Tu diras :..

Il reprend le billet ; après l'avoir lû, il le déchire.

FRONTIN.

Bon, voilà le billet déchiré.

DORANTE *avec transport.*

Non, je ne puis souffrir d'en estre séparé.
Eloignez-vous de moi trop importuns scrupules,
Fades raisonnemens & craintes ridicules,
Mon esprit suit mon cœur, l'amour est ma raison,
Et la raison pour moi n'est plus qu'un noir poison.

FRONTIN.

Ouy, oui, défaites-vous de cette tracassiere.

DORANTE.

Je m'en vais me jetter aux genoux de mon pere
Et de Madame Argante, & si je n'obtiens rien,
Pour faire mon bonheur, il est un sur moyen.

FRONTIN.

Quel est-il, s'il vous plaît?

DORANTE.

J'enleverai Julie.

FRONTIN.

Fort bien. J'ay souhaité, Monsieur, toute ma vie
D'assister une fois à quelque enlevement,
Et je m'en vais avoir ce divertissement.

SCENE X.

DORANTE, JULIE, CELIMENE, LE CHEVALIER, FRONTIN.

DORANTE *court au devant de Julie, & se jette à ses genoux.*

AH ! prenez part, Madame, à l'excès de ma peine.
Si vous m'abandonnez, ma disgrace est certaine ;
Si vous m'aimez toujours, quoiqu'il puisse arriver ...

JULIE.

Que faites-vous ?

FRONTIN.

Madame, il va vous enlever.

JULIE.

M'enlever ?

FRONTIN.

Oui sans doute, & dès ce moment même.

JULIE.

Votre discours me cause une surprise extrême ;
Tout conspire, Dorante, à contenter nos vœux,
Et l'hymen dès ce jour va nous unir tous deux.

DORANTE.

Dès ce jour ?

JULIE.

Oui sans doute, & j'ai vû vôtre pere
Signer notre Contrat aussi-bien que ma mere.

DORANTE

Ah Ciel ! Il m'avoit dit ...

FRONTIN.

C'étoit pour faire voir

Combien sur votre esprit il avoit de pouvoir,
Afin que Lysimon reconnût dans la suite
Qu'il doit de votre pere imiter la conduite.

LE CHEVALIER.

Je sens de cet exemple un effet assez doux,
Mon pere me marie en même-tems que vous,
Au lieu de la Maman, on me donne Madame,
Et l'on traite la chose avec la bonne femme.

DORANTE *à Celimene.*

Vous l'épouserez donc ?

CELIMENE.

Je fais tout mon bonheur
De lui donner bien-tôt & ma main & mon cœur.

SCENE DERNIERE.

PYRANTE, JULIE, CELIMENE, DORANTE, LE CHEVALIER, NERINE, FRONTIN.

NERINE.

ENfin, graces au Ciel, j'ai fini mon ouvrage,
Venez tous celebrer un double mariage.

PYRANTE.

J'ai pendant quelque tems troublé votre bonheur,
Mais vous allez sortir heureusement d'erreur;
Je n'ai jamais rien tant souhaité dans ma vie,
Que de pouvoir un jour vous unir à Julie.
J'ai signé : tout est prêt. Suivez-moi promtement;
Et mêlez vôtre joye à mon ravissement.

Ils sortent tous, hors Dorante & Frontin.

FRONTIN *à Dorante.*

Julie est tout à vous; nous voilà hors de peine.

DORANTE *après avoir révé.*

J'aurois mieux fait, je crois, d'épouser Celimene.

Fin du cinquiéme & dernier Acte.

Contraste insuffisant

NF Z 43-120-14

www.ingramcontent.com/pod-product-compliance
Ingram Content Group UK Ltd.
Pitfield, Milton Keynes, MK11 3LW, UK
UKHW031918260826
14628UKWH00003B/1275

9 782016 191989